青崖少年文丛

庄稼伟大

常新港 著

三环出版社
·海口·

图书在版编目（CIP）数据

庄稼伟大 / 常新港著 . —— 海南：三环出版社（海南）有限公司, 2022.10
（青崖少年文丛）
ISBN 978-7-80773-007-1

Ⅰ.①庄… Ⅱ.①常… Ⅲ.①中篇小说 – 中国 – 当代 Ⅳ.① I247.5

中国版本图书馆 CIP 数据核字（2022）第 143280 号

青崖少年文丛　庄稼伟大

QINGYA SHAONIAN WENCONG　ZHUANGJIA WEIDA

著　者	常新港
策　划	吴宗森
项目统筹	胡献忠
责任编辑	吴　馨
特约编辑	邓倩倩
插图绘制	喜　乐
装帧设计	谷亚楠
责任校对	韩孜依
出版发行	三环出版社（海口市金盘开发区建设三横路 2 号）
	邮　编 570216　　邮　箱　sanhuanbook@163.com
社　长	王景霞　　**总编辑**　张秋林
印刷装订	南昌市红星印刷有限公司
书　号	ISBN 978-7-80773-007-1
印　张	5
字　数	100 千字
版　次	2022 年 10 月第 1 版
印　次	2022 年 10 月第 1 次印刷
开　本	889 mm × 1240 mm　　1/32
定　价	28.00 元

常新港的意义

曹文轩

常新港是一个有明确方向的作家，多少年来，无论这个不安分的世界如何花样翻新、反复无常，都没有能够改变他的文学初衷。他按他对文学的定义、理解，按他心灵的无声指引，在寒冷而寂寞的北方，不动声色且又十分潇洒地走自己的路，用他特有的文字，为中国的儿童文学构造了一个可以他的名字命名的文学部落。天空下，这个经营有道的部落是独一无二的，是中国儿童文学的一道常看常新的风景线。

独特也许是文学最重要的品质。

文学不是一般的日常用品——日常用品只要是质量上乘的，无数的人使用同一个品牌是无所谓的，而名牌货色更是人们争相购买的。此时，居于同一生活档次的人们恰恰满足于日常用品的雷同。"我用的也是这个牌子。"说话者，有相遇知己的欣喜，并因品位不俗而暗暗自得。但文学不一样，文学讲究的是独一份，"这一个"。相似和雷同是注定难以出息的。哪怕这个人的作品幼稚一点、粗糙一点，只要这个人的作品别具一格、与众不同，就有了存活的可能。

最近随手翻看村上春树的《1Q84》，看到里面一个情节，对其所阐释的意义很有同感。故事大致是：一个年轻女子写了一部叫《空气蛹》的作品，就文字而言非常业余，但它的品质与路数却是绝对独一无二的；有多年编辑经验的小松先生，深知这部作品的内在价值；它纠结于小松的心头，最后他竟然出招撮合了一次不可思议的合作——让一个文字老练的人改写这部作品；为了这一旷世奇书的问世与流传，也为了拯救这一不会再有的艺术品，一伙人合谋，不惜做就了一个日后终成悲剧的大骗局。

常新港写了几十年的"空气蛹"，更令人感叹的是，它们一开始就是成熟的。他的"骗局"是由他一个人独自完成的。"独船"也许是一个隐喻——关于常新港作品之独的隐喻。这只船在文学的河流上行驶了这么多岁月，始终没有改变它的航线。他也看到了千帆竞发、百舸争流的热闹，但他还是在自己的航线上一意孤行。

这是一条他精心选择的航线。在他看来，这才是一条可望到达文学彼岸的航线。当那么多的船只虽然很有阵势但却离彼岸越来越远时，他守着一番孤寂，将帆高高扬起，双臂抱于胸前，迎风倚着桅杆，眺望着似有似无的海岸线。海以及海岸是他的风景线，而这个驾着独船的常新港则是儿童文学的风景线，我们的风景线。

我们不缺甜糯的作品，不缺温柔的作品，不缺秀美的作品，不缺嬉闹的作品，但我们却缺有力度的作品。二十世纪八十年代，中国儿童文学曾有过强悍之风。那时，有一批作家倾向于苍茫、冷峻、严厉、深沉的叙述，但后因世风和文风的转变，此风日见衰退。大多数作家的姿态不是下潜，而是漂浮，叙述渐趋浮光掠影、轻描淡写、嘻嘻哈哈。时至今日，快乐至上已成定局。浅浅的故事，浅浅的文字，浅浅的情感，浅浅的题旨，我们不假思索地附和了这个浅阅读时代。整个文学如此，儿童文学尤其如此。据说，儿童文学终于回到了正道，理由是：儿童文学本就是快乐的文学。而快乐无边的那一边，就是力度的消失。难道儿童文学就注定是一种没有力度的写作吗？似乎一部儿童文学史所记录的经典并非都是这般。儿童文学史并非一部轻飘飘的历史。

常新港的意义就在于他对儿童文学力度写作一脉的承续。对比《独船》前后的常新港，看得出他尽管有文学上的变法——事实上，他一直就在变法，但千变万变，力度却始终是他文字的归宿。无论是无意为之还是有意为之，他的文字都是北方的，是从

3

广漠的土地上长出的，是在凛冽的寒风中锻炼过的。他作品的思考性是始终如一的：思考社会、人生、生命，思考一切需要思考和值得思考的。他一直处于一种下潜的姿态——当很多人尽量漂浮于水面时，他与这些人是逆行的——逆行，是他给我们的形象。他写过一篇作品叫《逆行的鱼》。那些鱼为了繁衍生命，逆流而上、阵势壮观，无疑是他所欣赏的生命境界。他的文字是有目的的。他以他数以百计的短篇和大量的长篇，反驳了当下无目的的写作思潮。他给我们的是一些可以称出重量的文字。难道中国的儿童文学不需要这样的文字吗？我无法相信一个总在轻飘飘的文字中进行阅读的人日后能成为一个有质量有分量的人。

我们的儿童文学也许有好的故事，也有好的文字，但激情没有了。这是十分糟糕的事情。我们的大量作品，其动力只在游戏上——文字的运行是依靠游戏的欲望推动的。在这个放弃激情的绵软年代，常新港依然常常以激情来推动他的文字，这是值得我们关注的。他居然还有怒气！文字有怒气，是文学的希望所在。怒气意味着对未来的关注和向往。一个关注和向往未来的人，自然就会对现实不满，因为现实与未来之间总会有很大的差距——差距使他不快，不快就会产生怒气。文学总得有点怒气，因为文学既是作用于现实的，更是作用于未来的。儿童文学也不例外。

在日常生活中，常新港是平和的，很少看到他有怒气；而在文字中，却时不时地看到他的怒气。这份怒气在儿童文学普遍没心没肺地傻乐的当下，是十分珍贵的。

相对于成百上千不痛不痒、不咸不淡、不温不火、不上不下的作品，常新港的作品是那种写得比较狠的作品。他的作品敢于登高，也敢于探底，不留余地。他就敢将人性底部揭开来看，就敢将事情闹到难以收拾的地步。我在读这些作品时，常常担忧他最后该怎样收场。通常，一般的作家无论是写事还是写人，总会有所保留的，轻易不敢推到极致。常新港却喜欢极致——在极致处做文章，又在极致处智慧地了断在一般人看来很难了断的故事。在儿童文学这一块，是有许多禁忌的，一般总要回避掉许多东西。这也是对的，但许多时候，我们将这些禁忌扩大化了，结果使儿童文学真的成了到处莺歌燕舞、流水潺潺的"童话世界"，没有尖锐的善恶对峙，没有大起大落的人间悲剧，这种糖化的儿童文学，是否有助于阅读者的健康成长，难道是完全不需要思考的吗？常新港的锐利早在"独船"时代，就让整个儿童文学界领教过了。其后，无论写现实还是写幻想，常新港式的锋芒始终闪着亮光。

常新港是一个勤奋的作家，除了写作就是写作。写作既是他的事业也是他的职业。他的文字无论是在量上还是在质上，都是业内屈指可数的。但无论他写了多少，行家一眼就能判断出这些文字出于谁手。这些作品留下了他思想上的、美学上的深刻印记。这些作品互相照应，互为解读，产生了整体共鸣，从而扩大了它们的力量和效果。整体共鸣，是一个成熟作家的标志。

常新港的作品理应产生重大影响，并得到应有的荣誉。

目 录

一

大胃

一眨眼，春天会跟你不告而别。像是一个跟头跌进了夏天，自己就像冰棍一样先从头后到脚地被热化了。

豆子叔叔比我和豆子大七岁。我们七岁他十四岁。差得不算太多，所以勉强在一起玩。因为他的力气和见识，少年领袖和跟屁虫就划分得很清楚了。

但是，豆子叔叔常常想甩掉我和豆子，又轻易甩不掉。从他的眼里看豆子和我，是缠人的累赘，是一块碰不了的豆腐，是一摊稀泥，是一支打不了架的队伍，是一群听到打雷就一哄而散的

麻雀。

我没听到豆子称他叔叔，只听到豆子扯着脖子喊他叔叔的名字，还不是大名，是云里雾里的小名："大胃……"不知道的人还以为是"大尉"。

大胃拿着两片细长的绿叶，在手里掂着颤着问我："哪根是草？哪根是韭菜？"

我盯了半天，分不清。

"猜不到的话，以后就别跟着我！"大胃威胁道。

我使劲盯，眼就盯花了。

"傻了吧？"大胃不屑地说了一句。

我说："我要尝一下！"大胃让我尝。我尝了一根，吐了："没有韭菜味，是草！"抓起另一根，尝了，迟疑地问："这根是韭菜？"

大胃说："都是草！"他顺手把草撇到身后。

城里的孩子比农村孩子多吧？说到庄稼，哪个孩子没有马上想到草呢？一百年前城里的孩子分不清草和韭菜，明天的孩子还是分不清。

就算吃过韭菜见过草，但是，种过韭菜割过草吗？

　　我七岁的时候，经常送给大胃一个微笑，大胃不领情，却冲着我说："你笑得挺好看，不知道将来过日子怎么样！"

　　大胃就是会种韭菜、会割草的人。

　　大胃的学习成绩差劲，但是大胃浑身有劲。我们农场叫金沙农场，不知道的还以为这里出金子。走出居民区，就是一眼望不到头的草地和庄稼。

　　金沙农场跟金子没关系。

　　我以为庄稼跟我没关系。天天梦想金子，却不认识庄稼。

　　大胃经常偷偷在我们面前闪了，让我和豆子一天都找不到他。那段时间，大胃常常回身冲我和豆子吼叫："别跟着我了！"

　　我和豆子站住了。大胃又朝前走，我和豆子继续跟着。我和豆子不能离开他，离开他，我和豆子不知道该做什么，也不知道该去哪里。

　　我和豆子追着追着，就加入了挨揍的行列。

　　豆子和我挨了别人的打，理由非常简单。因为我和豆子是大胃的追随者，是一伙的。当多于两倍的人追赶我们时，大胃跑得快，在我和豆子前面三转两绕就跑没影了。我和豆子的衣领被追上我们的人揪起来，先扇了我们几个耳光，又踹了我们几脚，然后让我和豆子给大胃带话——抓住他，把他扔进猪屎泡子里去！

豆子和我找到大胃时，豆子眼里含着泪，控诉大胃："我和马刚被他们抓住了，扇了我们一百多个耳光，还踹了我们两百多脚，你跑得快，把我和马刚丢了，我告诉我爸去！"

大胃被豆子的控诉吓住了，拦住豆子："别跟你爸说，求你了，别说，等我抓住他们一个，我让你扇他两百个耳光。今天他们的人太多了！……"大胃又内疚地说："我没想到他们会对你们下手……"

"打了我一百多个耳光！"豆子还在渲染自己的悲惨。

我有点懵。豆子说的一百多个耳光和两百多脚，太夸大其词了。但是，豆子眼里的泪是真的，是咸的。

大胃怕豆子的爸爸。大胃是豆子奶奶最小的孩子，豆子的奶奶在老家的山里，条件不好，就送大胃过来跟着豆子的爸爸，能上学，将来还能在农场找一份工作，关键是能吃饱肚子。

在我对大胃的印象中，他一直等着初中毕业去上班。我

和豆子经常听到他对天对地狠狠地发誓："等我上班了，挣钱了……"

豆子每回听到这句话，就会追着问："挣钱了，干什么？"

大胃不回答，好像一回答，未来的钱会在未来的路上弄丢了。

豆子认真了："挣钱了干什么？我和马刚替你挨揍，你就不想着我们吗？"

大胃看看豆子："给你买一毛钱糖！"

豆子问："只给我买？马刚也挨揍了！"

大胃看了一眼我，咬着牙说："买三分钱的冰棍！"

我抓住机会问道："几根？"

大胃生气了，觉得我和豆子正在或是已经开始瓜分他将来的财富："一根还不行吗？还想要几根？我还没吃到呢！"

在我和豆子对钱的欲望黑洞里，冬天只填满了糖块，夏天是加了糖精、色素的冰棍。我见识过豆子一家人围着饭桌吃饭的情景。豆子和他妹妹麦子，豆子的爸爸和妈妈，加上豆子的大胃叔叔，谁也不说话，只有咀嚼饭食的声音。我坐在他家窗外，窗户敞着，我不时朝屋里看几眼，看着盆里的菜少了，锅里的饭少了。锅底剩了些饭粒粘在锅帮上，盆里的菜捞干净了，剩些菜汤和油星漂着。

豆子爸对大胃说："都吃完了，加点水，把它当菜汤喝了，里面还有不少油呢！"大胃站起身，拎着暖水壶，朝菜盆里倒了水，觉得不够，又加了些水，尝了一下，太淡，又加了点盐，然后，端起来，把菜汤送进胃里。

这时，我听见豆子大声喊道："大胃，给我的四眼留点！"

四眼是豆子刚抱回家的一只黑狗。那只狗叫四眼，是因为它的两个眼眶上方偏偏长了黄眉，像是戴着一副眼镜。

在食物上，大胃从不谦让四眼狗。

二

水

天连续地升温，又不下雨，又干又热。太阳却准时上班，像是在大热天烧锅炉烤你、晒你，看着你蔫了、黄了、焦了、出油了，看你熟不熟！老天就要吃你的肉！

豆子家浇菜园子，是大胃叔叔的事。

我家前后有种菜的小园子。豆子家也有园子。他家后园子大，因为他家后园子里没有住户。豆子家的园子里一派繁茂。篱笆上爬着豆角，园子里排队一样种着绿黄瓜、紫茄子、西红柿、小葱、香菜……他家最能爬、最醒目的倭瓜花，一直爬到篱笆上，继续横着爬，从篱笆园子的小门横梁上，一直爬到房顶上。那只青涩的小瓜蛋子自由地从房梁上垂下来，在豆子家后窗上晃，它找到了观望人生风景的位置就不走了。它不会像风铃一样响，但是每次看到它青嫩的脸，它都像准备喊叫的样子。

我在豆子家的园子里，嚼着刚摘下的青辣椒，望着他家吊在后窗上的倭瓜发呆，觉得那只倭瓜就是豆子的叔叔大胃。

天不下雨，每家园子里的庄稼等于没饭吃，它们长不大的。没饭吃，谁能长大？

大家开始从井里挑水浇园子。

井台下排满了打水、挑水的人。大胃跟我们一起玩的时候，显得很高大，他挤在打水的大人队伍里时，人显得很小。我和豆子帮不上忙，只能等大胃浇完地，才能一起去玩。

井里的水快被人打光了，我们眼睁睁地看着摇上来的水桶里只有半桶水。大胃用手拍着空水桶，等得心烦。我远远看着大胃，觉得他比其他挑水的人都要黑，他是除了睡觉就跟太阳死缠的人，不黑才怪。

等着打水的队伍前移的速度越来越慢，放到井里的桶，只能摇上小半桶水，井里的水要见底了。一个人要从井里摇上三四回水，才能把一只桶装满。

我看见大胃不敲空水桶了，眼睛一直朝着一个方向望。我也跟着望过去，什么也没有。不知道他在望什么，望得那么专注。

我问豆子："大胃看见什么了？"

豆子盯了半天，说道："什么也没有，能看见什么？"

后来，我和豆子才知道，大胃一直盯着猪屎泡子。

我和豆子在猪屎泡子里洗过澡，它有三十几平方米，积存着雨水。因为久不下雨，水泡子里的水位每天都在下降。最深的地方，只有半米了。放猪的人，每次路过这里，总要在水泡里让猪净一下身。一只猪在三十几平方米的水泡里一扑腾，把水底的泥搅上来，让水变得浑浊又肮脏。我和豆子会经常忘记猪在我们之前洗过澡。大胃比我们大几岁，对什么是干净什么是脏，已经有了自己的原则。所以，他从来都不在猪屎泡子里洗澡。他会在院子里，面对一盆被太阳晒温的水，先从头到脚把身上打一遍肥皂，再兜头一盆水浇下，让白色的肥皂沫子四处横流。

大胃不在井台下面排队了。他把扁担搭在肩上，把两只水桶钩起来，回家了。我和豆子以为他不打水了，要跟我们出去玩。但是，大胃跟我和豆子说："玩什么玩？今天跟我干活！我要挖一条红旗渠！"

我以为听岔了，问大胃："挖啥？"

"挖一条红旗渠！"

豆子也听懂了："就是电影新闻简报《红旗渠》里的红旗渠？"

我问："你要挖一条红旗渠？从哪里挖到哪里？"我从大胃的表情里没看出他在开玩笑。

大胃说："从猪屎泡子挖到我家后园子！"

"啊？！"豆子张着大嘴巴，被大胃惊到了。

我说："红旗渠几十公里，修了十年才修成！"《红旗渠》的纪录片，我看了不下二十遍，知道红旗渠的长度，也知道修红旗渠的难度。

我想给大胃浇冷水。

大胃把两只空水桶放下，让我和豆子一人拎一只，他自己扛着扁担从猪屎泡子迈大步丈量距离，一直量到豆子家的后园子。

大胃脸上有为难的表情。我问他："怎么啦？"他说："大概七十米，挺远啊！"

豆子马上高兴起来："不挖了？"

大胃说："谁说不挖了？挖！"

我问他："怎么挖啊？"

大胃把计划说出来了："只挖一条浅浅的水沟，从猪屎泡子通到后园子。挖完小水沟，咱们三个轮流站到水泡边上，用盆朝沟里舀水，让水一直流到后园子。没多难吧？"

对我和豆子来说，挖一条近七十米的小水沟，跟修一条红旗渠没什么区别啊！

大胃真行，他肯干，舍得花力气。原本挺难的一件事情，让他说的不仅能实现，还能轰动左邻右舍。

那条很浅的水沟很快就完成了。大胃最聪明的地方，是在猪屎泡子边上的水沟源头，用土围了一个一平方米左右的小坝，朝小土坝里舀水时，水不会再返流进猪屎泡子。

大胃赤裸着身体，只穿着一条小裤衩，站在水里，一盆一盆朝土坝里舀水。我和豆子跟着水走，看着水沿着水沟流进豆子家的后园子。

那天，简直就是盛况空前。很多去井台排队打水的人，不打水了，围着猪屎泡子看着大胃舀水，目瞪口呆地看着水在那条小水沟里流淌着，唱着歌跑进豆子家的后园子，像看一部露天电影。

大胃无疑是现实版的主角。我给这条水沟起了个名字，叫大胃渠。大胃听了，满意地看着我："你还挺能的！"

一个星期之后，各家园子里的庄稼见分晓了。从我家园子里庄稼的长势就能看出来：黄瓜，没有豆子家的黄瓜长得大；茄子，没有豆子家的茄子长得紫；豆角，没有豆子家的豆角长得长。

豆子的爸爸出动了，他经常维修一下我们挖的水沟，然后叉腰站在猪屎泡子前，一副像是要改造世界的架势，一切都是他领导得好。他觉得后园子的茄子、辣椒缺水了，张着嘴喊口渴了，他会让大胃去猪屎泡子舀水，让大胃渠的水流淌起来。

我还问过豆子的爸爸："你们家的豆角、黄瓜，为什么

长得好？"

豆子爸说："这简单，因为猪屎泡子里的水肥，猪在里面洗澡、拉屎，那水浇到地里有劲啊！"

我下意识地抬起胳膊闻了闻，想知道有没有猪屎的味道。越闻，越是有猪屎味。

那天我问大胃能不能把大胃渠修到我家园子。大胃说："这简单，你家离我家才二十几米远，挖条沟过去就行了！"

只用了半天时间，大胃渠的水就流到我家园子里了。我觉得园子里的黄瓜、茄子、辣椒除了张嘴开心地喊叫，还在疯狂地跳舞。

几天的时间，很多人家都从猪屎泡子引出了一道道小水渠，通向八方。猪屎泡子就像是一只不动的背上闪光的灰蜘蛛，朝四下里吐出一道道长长短短的闪亮的丝……

三

大胃基本放弃了读书。说基本放弃，是因为还没有完全放弃，他每天还是去学校上课，不翻书、不做作业，让班主任骂两次。挨两次骂，大胃就轻松了，也就完成了上学任务。班主任不骂大胃，大胃心里反而不安，一直等着班主任开口骂人。班主任绝不会再骂他第三次，因为班主任觉得骂大胃有些无聊，缺乏新意。

我问过大胃，不爱做作业、不爱读书，将来想干什么？

"将来？"他眼光向下斜着，望着

我的眼睛，好像这个问题让我说出来，比他的班主任说出来还令他讨厌。

我给了他三个选项：当兵、开卡车、种地！在我不长的阅历中，这三个选项，是我对农场人一生全部选择的认识。

大胃反问我："为什么要当兵？"

我说："当了兵，吃的穿的，都不用花钱了。再说，穿上军装，人精神！尤其是穿上大头皮鞋，走路都是咔咔的，威风！"

"卡车司机呢？"

我说："进山拉柴、拉煤，都方便了。再说了，下大雨了，你家里人可以坐在驾驶室里，不用坐在车厢里淋雨了！"

大胃问道："当兵和开卡车的好处就这些？"

我说："就这些！这还不够？"

大胃说："我选择种地！"

豆子在一边说："大胃的理想就是种一片玉米，种一片白菜，再种一片西瓜和香瓜。在地的边上，再种上一圈沙果树。他坐在庄稼中间，左手摘一个香瓜，抬头再摘一个沙果，想吃就吃，想喝就喝！对不对？"

我点着头说："真种地去？"

大胃笑起来，像是默认了。

我有点失落，为大胃的将来失落。我有理想，很大很大的理想，在我的阅历能想到的东西，都变成了我的理想。打死我，我也不会选择种地啊！

当然，大胃不会在意我想什么，包括我对他的失落。但是，大胃对我和豆子没事捧着一本书看很反感。

我和豆子弄到一本书。前面少了五页，从第六页开始，后面少了多少页，猜不出来。我说这本书是弄来的，就是说，它不是借来的，也不是买来的。

那天，我和豆子路过一户人家的窗台前，这本书就摆在窗台上，是窗台的里面，跟我们隔着窗户，窗户开着。豆子先发现的书，对我说："你看，书！"我眼睛就直了，像看见夏天地里结出的第一根黄瓜。

一开始，没想要拿走，我站在窗前翻了几下，就看进去了。因为我一下子就翻到了游击队员在扒火车。我担心他们爬上了火车，怎么从急驰的火车上爬下来。万一掉下来，还能找到自己的胳膊、自己的腿吗？我带着担心，把书拿走了。

我走几步，回头看一眼，豆子紧紧地跟在我身后，很自然地成了我的同伙，走着走着，就越走越快，干脆跑了起来，好像背后有人狂追。

跑到一个背静处，我俩站住了。

豆子说："你真把书弄来了？"

我说："屋内主人不在，我这是借的。看完了就还！"

豆子说："你知道那是谁家吗？"

我问："谁家？"

豆子说："咱班女同学玲玲家！"

我愣了。我一下子就想到玲玲的哥哥——一个在男孩子中间打架很有名气的人，想起玲玲她哥，我身上的某些部位有点发紧，开始不舒服了。

豆子问我怎么了。

我有点心虚地说："把书还回去吧！"

豆子说："你现在能还回去吗？你刚才拿书的时候，她家里没人，现在有人了，你还书，是不打自招！你就不是弄走了书，是偷走了书！"

"偷"字就像一根鞭子抽了我的屁股，我又开始跑起来，想挣脱那个"偷"字。

豆子跟我谈到这本书时,从头到尾都没使用一个"偷"字,都在躲闪那个难听的字。我和豆子心里都有一个原则:读书,是一件顶顶伟大的事情。

我先看的这本书,豆子后看。豆子也对游击队员扒火车感兴趣,我却对里面的一个游击队员爱弹琵琶的段落,看了无数遍。

豆子问我:"书名叫什么?"

我说:"《爱弹琵琶的人》!"

豆子又问:"琵琶长啥样?"

我说:"像面瓜吧?"

豆子质疑我的回答:"为什么像面瓜,不像黄瓜?"

我说:"你认真看书了吗?"

豆子愣愣地望着我:"当然认真看了!"

我说:"里面弹琵琶的人是抱着琵琶在弹,没说用手抓着!抱着,是抱着!你吃黄瓜时用手抱着?!"

豆子不说话了,他心里肯定觉得我说得在理。

我问豆子:"书名叫《爱弹琵琶的人》,没错吧?"

豆子说："不太对！里面的人才弹了几回琵琶？不可能叫这个名字！叫这个名字，我肯定不爱看！"

我问："那叫什么书名？"

豆子没犹豫，说出了一个新名字："《扒火车的人》！"

我愣愣地看着豆子，觉得豆子说出的名字有意思。

那本没头没尾的书，我又看了两遍。然后，豆子也拿回家重新翻了几遍。在豆子看这本书的两天里，我暂时忘了它。但是，豆子却经常跟我争论书中的人物，一争，我俩都红着脸，不认输。我说，把书拿来，看看谁说得对！豆子也犟，颠颠地跑回家，把书拿来了，一翻书，是我对了！

我没高兴，因为我发现书缺了一张纸，少了第二十七页和二十八页。

"怎么少了一张纸呢？二十七页和二十八页为什么没有了呢？！"

豆子听我一说，匆忙地从我手里抢过书，哗啦哗啦地翻着书，二十六页后面是二十九页。二十七页和二十八页没了。没撕干净的纸屑还残留在书里。豆子愣愣地看着我："怎么回事？"

"你看我干什么？怎么少了一张？"

豆子还是愣愣地看着我，把一只手掌张开，举到我脸前，让我不要再发问，容他想想。只过去五秒钟，我等不及了："怎么回事啊？想起来没有？"

豆子把书朝我手里一塞，转头朝家里跑。我在他身后跟着，一边跑一边追问他："你想起来了？"

豆子进了院子，却没进屋，直接拐进了他家的露天茅房。我站住了，夏天的茅房很臭。我在茅房外面问他："让你找那两页书，你进茅房做什么？"

豆子在里面不说话。

我站在茅房外面又大声问道："让你找那两页书，你进茅房干什么？"

豆子不耐烦了："你嚷嚷什么？我就是在找那两页书！"

我的脑子像是被人一下子捅出一个窟窿，有冷风钻进来。冷风刮过，我眼前出现了一个场景，有的人做过的一件事情——上完茅房用作业本和书来解决后续问题。我是想冲进豆子家茅房的，又猛地站住了。我看见豆子正平举着一根棍子，棍子的头上，挑着那张书页，那张书页像具软软的尸体搭在棍子上。

我真的生气了，冲上去大声嚷嚷着："你干的？你是疯了还是傻了？我掐死你！……"

豆子闪躲着，半天才出声："不……不是我……应该是大胃……"

我愣怔地问豆子："谁？"

豆子脸红着："不是我干的，可能是大胃！"

"大胃？"

"肯定是他！"

我给豆子下了命令："找他去！"

豆子立即从一个落水狗变成了一个正义者："找他去！"豆子领着我去了他家后园子，看见大胃在黄瓜架下摘黄瓜。豆子和我还没说话，大胃直起腰来，扔给豆子一根黄瓜，豆子接住闻了一下。大胃又直起腰，扔给我一根黄瓜。黄瓜的清香立即驱散了我心头的恼怒，我开始吃起来，抬头看豆子，他吃黄瓜时能发出很大的声音，咔嚓咔嚓的。我们俩不像是来找大胃兴师问罪的，倒像是专门来吃黄瓜的。

大胃说："我的西红柿也红了，吃完黄瓜，再吃一个西红柿吧！"

我说："好好好！"

豆子嘴巴里叼着黄瓜，猫着腰，两手在西红柿秧中摸索，急切地找西红柿了。

我完全抄袭豆子的动作，把黄瓜叼在嘴里，两手在西红柿秧中摸索起来，完全忘记一分钟前冲进后园子是为了什么。

黄瓜和西红柿，能消灭愤怒。

我把那二十七和二十八页书抛到了后脑勺，在某一天想起时，它已经化成肥料。

四

避难所

从没听说过大胃打豆子，连骂也没有过。豆子的爸爸也没打过大胃，但是，大胃很听豆子爸的话。

大胃做了让豆子爸妈不开心的事之后，豆子妈会压着嗓子跟大胃说："你的父母把你交给你哥了，你哥会从头管到你脚！"

言外之意，豆子爸对大胃有打骂的权力。大胃明白这个道理，所以，大胃怕豆子的爸爸。假如说，大胃挨了豆子爸的打，那是弟弟被哥哥打。如果大胃生气打了豆子，那是叔叔打侄子。

这好像有区别，完全不一样。豆子也知道叔叔不会打他，这也是面对他叔叔，开口闭口放肆地叫他大胃的原因。

我跟着豆子也喊大胃。

……

豆子一个人被玲玲她哥堵在一座麦秸垛后面，玲玲她哥让豆子把鞋脱了。豆子就把鞋脱了，玲玲她哥握着豆子的鞋，抽豆子的头："你偷了我的书？"

当时豆子有点蒙，还问玲玲她哥："什么书？我没偷啊！"

玲玲她哥继续用豆子的鞋抽豆子的头："你把偷我的书借董小棍了，董小棍拿着你偷我的书来找我换冰棍吃，我一看，那是我的书！是我的书！！"

豆子的头被鞋抽得发热，快要着火了，还在发蒙："你的什么书啊？"

"我的《铁道游击队》！"

可能是豆子听到"铁道"两个字，才回忆起那本扒火车的书，一下子就清醒了："那本书啊！"

"你想起来了？"

"是马刚借的……"

玲玲她哥又抽了一下豆子的头："偷就是偷，还说是借？跟谁借的？跟我还是我妹？你们是跟我家的鸭子借的吧？我们家里没人，鸡和鸭子总在吧？它们说借给你们了吗？如果我家的一只鸡和一只鸭子点头说借给你们了，什么事情都没有。它们如果不点头，我用你的鞋，把你的头抽成猪头！你敢去我家院子找鸭子找鸡对证吗？敢不敢？！"

豆子肯定什么也说不出来了，一个是玲玲她哥的强壮和他在小孩子中间的传闻，还有就是"物证"和"人证"确凿。再说，谁有本事让鸭子和鸡点头啊？豆子连辩解的能力都没了，被玲玲她哥揪着脖领子赶到我家，找我来了。

我在院子里正跟我妈拧褥单，一人扯一头，一个朝左使劲，一个朝右用力，隔着院门就听见豆子带着哭腔委屈地喊："马刚，玲玲她哥找你……"

我一听"玲玲她哥"几字，就有了预感，手里的湿褥单掉到了地上。我妈埋怨我："拧着拧着怎么就松手了？"

院门被玲玲她哥推开了，不，是他用脚踢开的。玲玲她哥站我家院门口时，一只手拎着豆子的脖领子，另一只手还握着豆子的一只鞋，豆子的那只光脚在另一只脚上蹭来蹭去，像受伤的兔子。

我妈见状，问玲玲她哥："你这是干什么？"

玲玲她哥指着我说："他偷了我的书！"

我妈看着我："怎么回事？"

我看着豆子问："你跟他说什么了？"

玲玲她哥说："豆子全承认了！"

豆子低着头，一直看着自己那只惊魂未定的光脚。我妈跟玲玲她哥说："你先把豆子的鞋放下，让人家穿上！"

玲玲她哥把豆子的鞋扔在地上。豆子的光脚马上找到鞋窠，脏脏的光脚丫子，像受到惊吓、饱受苦难的兔子逃回窝里。

玲玲她哥指着我说："马刚偷了我的书！"

我妈看了我一眼，对玲玲她哥说："你先等一下，我先问问你！"

"等什么？问我什么？"玲玲她哥问道，他可能觉得奇怪，我妈还有问题要问他。

"你回家时，是用脚踹院门吗？"

听见这句问话，玲玲她哥回头看了一眼院门，不说话了。我妈见玲玲她哥不吭声了，又问道："说吧，我家马刚是怎么偷了你的书？"

玲玲她哥歪着头说："我不知道马刚怎么偷的，是豆子承认的！"

我妈看着豆子，问道："你怎么承认的？"

豆子脸红起来，不敢抬头看我妈，谁也不敢看，像电影里的小叛徒一样看着自己的脚。看见豆子这么为难，我说道："那天，我和豆子路过玲玲家窗户，看见里面窗台上的书，我拿出来翻了一下，挺好看，就借走了……"

我妈一听，冲我大声吼道："那是借吗？人家屋里没人，你就拿走了，这是借吗？这是偷！"

见我妈这样说，玲玲她哥不说话了。

"你的书找到了吗？"我妈问玲玲她哥。

玲玲她哥说："找到了！"

我妈对我说："跟人家认错！"

我对玲玲她哥说："偷你的书，我错了！"

我妈对豆子说："你认错吗？"

豆子不说话。

我妈伸出手摸了一下豆子的头，想告诉豆子，希望他主动承认错误，没想到，豆子像乌龟那样头缩了一下。

我妈意识到豆子的头和玲玲她哥刚才拎着的鞋有关系，问玲玲她哥："你拎着豆子的鞋，抽豆子的头了？"

"抽了……"玲玲她哥点点头。

"抽了不止三两下吧？"我妈根据豆子的反应，判断出玲玲她哥打豆子的头不是几下子。

"一百多下！"豆子"嗷"一声叫起来。

"瞎说，没有，最多十下！"玲玲她哥争辩道。

我家的院子里正热闹着，院门外传来咚咚的脚步声，院门开了，大胃立在门口，大声问："发生什么事了？"

大家还没说话，大胃就朝玲玲她哥走过去："什么事？"

玲玲她哥指着我和豆子："问他们！"

马上擦枪走火了，我妈吼道："行了，要打，出了院门打！别影响我家的母鸡下蛋！"

豆子跟大胃说："他用鞋抽我的头！"

大胃跟玲玲她哥说："出去！"

玲玲她哥也是一副好战的样子，率先走出我家的院门。豆子和我跟在后面，我妈拽住我："在家待着！"

"他们要打起来了！我出去看看！"

我妈说："你没见过两只狗在街上互相乱咬吗？有什么好看的？"我妈把院门关上，把门闩插上了。

隔着院门，就听见外面打起来了。大胃是为了保护侄子，玲玲她哥是为了严惩小偷。应该是两人的战争升级了，达到残酷阶段，我听见豆子在呼喊双方要和平："别打了，你们别打了！"

我贴在院门上，听外面的打斗没有丝毫减弱。

最后的结局，把两家的大人卷了进来。玲玲她爸赶来，拧着玲玲她哥的耳朵把他带回家。豆子爸把大胃的胳膊拧到身后，把大胃押回家。因为各家大人来了，把犯事的人都弄回了家，看热闹的人也散了，我妈才把院门打开，放我出去了。我和豆子跟在豆子爸身后，听见豆子爸一路上骂骂咧咧的。

豆子爸打了大胃。这是哥哥打了弟弟，第一次下狠手打大胃。

大胃从院子里冲出来，还没头没脑地撞了我一下，跑掉了。

豆子问他爸："大胃帮我，你打大胃干什么？"

　　我看见豆子爸揉着自己的手，不说话。我猜，豆子爸下手太狠，肯定是把自己的手打疼了。

　　吃晚饭时，大胃没回家吃饭。豆子来我家找我，说："大胃不知道去哪里了！连晚饭都没回来吃！他一顿饭不吃，就受不了！你说，他能上哪里？"

　　我问豆子："你爸你妈不去找大胃？"

　　豆子说："我爸说了，一顿两顿不吃饭，饿不死！"

　　我说："也没处找啊！"

　　晚上九点多了，豆子又跑到我家找我："大胃还没回来！我爸让我出去找找他！"

　　"这么晚了，让你去找？去哪里找啊？人没找到，你再丢了！"

　　"我爸说，让我去玉米地里找！"

　　"玉米地？"

　　"我家的玉米地！大胃开的一小块荒地！"

　　"那你去啊！"

　　"这么黑，我一个人敢去吗？找你跟我一起去，做个伴！"

　　想想所有发生的事情，都是我拿了玲玲家的书引起的。

卷入这场纠纷的人，都是被牵连者。我该去找大胃。于是，我跟着豆子去了他家的玉米地。

亏得有月亮，天没那么黑。豆子领我站在一片玉米地边上，左右看："这好像是我家的玉米地！"

左一片右一片的，都是农场里的人开的荒地，种着玉米。

我说："玉米都长到一人高了，上哪里找？"

豆子说："喊吧！"

我说："喊？再把狼招来！"

豆子和我盯着面前的玉米地，谁也不肯走进去。这时，我闻到一股熟悉的味道，是农场人为了驱赶蚊子烧艾蒿草的烟味。我跟豆子说："你看你看！"豆子问我看什么。月光下的玉米地上方，有一缕淡淡的烟钻出来。

"有人？"豆子也看见了那缕烟。

"有人在烧艾蒿熏蚊子！"

我和豆子钻进了玉米地。

……

大胃躺在地垄上，一根玉米秆上挂着点燃的艾蒿草，嘴巴里嚼着从家里带出来的玉米面饼。

庄
稼
伟
大

"你们来干什么？"大胃问我们。

豆子和我都笑起来。因为，我们都看见大胃过得很舒服，没有一点难过的样子。这玉米地，就是他的避难所。

"你们赶紧走！我今晚就睡这儿了！"大胃赶我们。

豆子和我不走，坐在地上，看着从艾蒿草身上冒出的烟，在玉米秆的头顶上绕了一下，升到空中去了，像是月亮在叫它。

大胃翻了一个身，还哼唧了一声。我和豆子都判断，豆子爸揍了大胃的屁股，揍得不轻。因为大胃对自己身上划伤的小口子之类的，从来不在乎。他以前脚丫上踩了钉子，冒着血，也不包扎一下，晚上回家，照样抹一身肥皂，兜头浇一盆凉水。

我们三个像是经历了一场战争，浑身疲惫，都在玉米地里睡着了，一直听到有人在喊我们的名字。

醒过来时，已是凌晨三点多了，我们一身的露水。我们在微曦的晨光中，推开玉米张开的阻挡我们的手臂，让它们身上的水珠重重地滑落，未成年的玉米对我们恋恋不舍。当我们站在几个大人面前时，我们三个像是刚刚沐浴过一样。

五

苹果

广场上要放朝鲜电影《摘苹果的时候》。带黑边的白幕布拉起时，前面早已密密麻麻摆满了小板凳和砖头。

这是第二次放《摘苹果的时候》。看第一遍时，我还问过我妈："《摘苹果的时候》里的农村，为什么跟我们农场不一样？"

我妈当时说："没什么不一样，都是种地，都是跟地打交道，都是在地里上粪！春天播种，秋天收获！辛辛苦苦的一年！"

我问："他们种地为什么穿得那么

干净？"

我妈说："那是电影！"

我又问了第二个问题："《摘苹果的时候》，那个村子到底种了多少苹果？"

我妈说："这上哪里知道？"

我的第三个问题是："我们为什么没有苹果吃？"

我妈说："咱这儿不种苹果！有人试着种过，夏季太短，它还没长大，天就冷了。不适合种苹果！"

我有点失望，不，是绝望。

晚上，我去广场看《摘苹果的时候》，心里清楚，我不是去看人，里面的人都熟悉了，没什么特别想看的。

我是去看苹果……

我没有苹果吃，但是，电影里面的苹果多得都落在地上，村子里的人都在玩命想办法，怎么挽救和处理那些落到地上的苹果。最后，电影里那个长得最漂亮的姑娘想出了一个最聪明的办法——把落在地上的苹果做成可口的苹果酱。

那天晚上，我做梦吃到了玻璃瓶装着的苹果酱，上面还有商标，不是朝鲜生产的，也不是我熟悉的中国南方罐头厂

打造美好乡村！

的产品，上面只有醒目的四个字：大胃出品。

早上醒来，我摸着梦中饱餐大胃苹果酱的空肚子，在炕上傻笑了半天。

我去豆子家时，跟大胃说："我昨晚上梦见你做的苹果酱了！"

大胃听了，用手指头点着自己的鼻子问："我做的？"

"是你做的，我看得清清楚楚！瓶子上贴着商标——大胃出品！"

听见我这么说，大胃脸上竟然出现了跟我一样的傻笑。豆子凑过来问我们："说什么呢？"我说："吃果酱的事！"

"果酱？吃什么果酱？果酱在哪儿？"豆子的眼睛在我和大胃身上扫来扫去。

我摸了一下肚子："吃了！"

豆子急了："吃了？吃完了吗？我怎么没看见？为什么不等我？真的吃了？"

大胃故意朝天打了一个响嗝："吃了，太好吃了！"

豆子冲上去抓大胃的肚子，像是要把大胃的胃掏出来："我看看，让我看看！你们吃，不叫上我！你们……"

我在一边气豆子："等你掏出来，苹果酱早变成屎了！"

豆子真恼了，他一恼，特征就出来了——语无伦次，脸红，眼里有泪不掉出来，含在眼眶里，向世界宣告他很委屈了。

大胃和我同时缴械。

我说："没吃果酱啊！看把你馋得！"

大胃说："上哪里吃果酱？果酱瓶子呢？你要是能找到空瓶子，我就给你弄一瓶果酱吃！"

大胃不撒谎的特征也很明显——瞪着大眼睛说狠话，咬牙切齿，冲着天空下的庄稼发毒誓。

豆子判断出我和大胃确实没吃果酱，他心情好多了。但是，豆子肚里的馋虫睡醒了，伸懒腰时，把他的胃剐蹭痒痒了。

我眼见着豆子跑到他妈妈跟前，一脸的赖皮相："妈，我想吃苹果酱！"

豆子妈说："一边去！"

豆子的胃可能是太痒痒了，让他受不了，不甘心地找到他爸："爸，我想吃苹果酱！不吃，浑身痒！"

豆子爸笑起来："是你的嘴想吃，还是肚子想吃，还是脑袋瓜子想吃？"

豆子说："都想吃！"

"有办法！"

豆子脸上喜滋滋的："什么办法？"

"嘴巴痒，用手撕自己的嘴巴！肚子痒，用手拧肚皮！脑袋瓜子痒，治起来很难，只能换脑袋了！"

豆子在他爸爸和妈妈那儿一无所获，我挺同情他的。在那个瞬间，我觉得自己就是豆子，他燃烧着想吃苹果酱欲望的大脑，欲壑难填的胃口，什么都想要咬一口的嘴巴，都长到了我的身上。

我和豆子还有大胃，没有辈分，其实都是一个人。像我这么大的男孩子，女孩子不算，想的、想吃的、想要的，都一样吧？

我和豆子都吃过我妈说的长不大的苹果。它还绿着，鸡蛋那么大时，就霜降了，冷得它还没笑够，就该哭了。不甜、干涩、水分少，别捧着它当水果，拿它当武器一点都不逊色。有时候，我咬一口，就把它当成石头打狗扔了。

我宁可吃青萝卜，也不想吃石头苹果。

　　后园子里的茄子由紫变黄，黄瓜也由绿变黄了，沙果就能吃了。沙果天生就长得小、红得快、酸甜。它最大的优点是可以放在菜窖里储藏，过春节时拿出来，它就彻底红透了，咬一口，里面藏着秋天暖暖的阳光和甜甜的风。

　　……

　　记得在春天时，我去豆子家玩，就看见大胃在后园子里呆呆地站着。我还问过豆子："大胃站在那里干什么？"

　　豆子的眼睛从后窗看出去，说："他这样好几天了，望着天看，好像天上要下肉包子！"

　　我扒着窗台朝后园子看，大胃哪里是在看天，他是在看树。豆子家的后园子有几棵果树——几棵沙果树和两棵能结那种石头苹果的苹果树。

　　果树开花时，满园子的喜气。到了秋天，石头蛋一样的苹果没人动，它们会自己被霜打落到地上。豆子爸每次踩到地上石头一样的苹果，总是说："砍了它，栽别的果树！"

　　大胃拦住豆子爸不让砍。

　　"结的石头你吃？"豆子爸问大胃。

　　"我吃！"大胃说。

我听见豆子爸说道："你的肚子什么都能装，石头、粮食，比狼的胃还厉害！"我问豆子爸："叔，狼的胃为什么那么厉害？"

豆子爸看着我回答道："少有的厉害，它吃了石头都能消化！"

我又问："狼能吃石头，为啥非要吃肉？大冬天，它们从山上下来，跑那么远的路，吃农场的鸡和猪？狼在山上吃石头不就完了？"

豆子爸笑起来："你这个问题是个好问题，你怎么爱吃好吃的？我家的石头苹果掉地上了，也没见你捡一个吃！我家沙果树上的沙果，你倒是吃了不少！"

……

我趴在豆子家的后窗上，冲站在后园子里的大胃喊："大胃，你看什么呐？"他不理我。我连喊了三声，他才回头望了我一眼。

大胃说："你老是喊什么啊？我听见了！"

那一刻，我觉得十四岁的大胃像个标标准准的大人。

我猜，大胃可能是馋了，他想吃天下所有能吃的东西。

　　我想错了，大胃可不是等闲之辈。不知道大胃从哪里知道果树是可以嫁接的，可能是从农场农艺师那里学到的。农艺师的儿子喜子跟大胃同岁，他俩是同班同学。大胃经常帮着农艺师家干活儿。他天生就跟庄稼是亲戚。

　　大胃跟我们说过，喜子他爸爸是农业大学毕业的，学的专业就是种植。喜子家的后园子篱笆很高，贴着篱笆种一圈光长叶子不结果实的豆角，因为不长豆角，叶子就疯长，爬满了他家的篱笆，有点密不透风。大胃还问过喜子："为什么种不长豆角的豆角秧子啊？"喜子说："种它不是为了吃豆角，是为了让它爬满篱笆，遮挡外面行人的视线。不让外面的人看到后园子。"原来，喜子他爸在后园子里做的果树种植试验，其实就是嫁接。

　　大胃还问过我："马刚，你知道什么叫嫁接吗？"

　　我说："不知道！"

　　"你肯定不知道！"

　　"你知道？"

　　大胃说："让两种果树的树枝接在一起，长在一起，就是嫁接。"

我说："听着挺新鲜。"

大胃又说："什么叫授粉，你知道吗？"

我说："听说过，具体不知道怎么回事！"

大胃说："知道蜜蜂吗？"

我说："那谁不知道！"

大胃说："茄子、辣椒、黄瓜的花授粉，都是蜜蜂和风做的工作，没有授过粉的花，是不结果的！"

我瞪着大胃："你从哪里知道的？"

大胃说："喜子他爸！农艺师！农业大学毕业的！"

我听大胃的口气，好像他是农业大学毕业的。我说大胃不是等闲之辈，是因为他在自己家的后园子默默地干了一件大事。

大胃干这件事情时，是去年的秋天。到了今年秋天，他们家的后园子里那棵本来宣布死刑的石头蛋子苹果树，竟然挂着半红半绿的小苹果。它们还绿着时，我和豆子还有他们家人，看都不看它一眼。

豆子爸被它的红吸引了眼球，这才摘下一个，用手搓啊搓，不敢轻易咬一口。它原先作为水果的一种，无论味道和颜色，都可以用丑陋来形容。这个秋天，它怎么就变了？豆子爸先把它放到鼻子边上闻了闻，然后忍不住咬了一口。一开始他嚼得很慢，担心会伤害到自己的舌头和胃。几秒钟后，豆子爸就大口嚼起来，一边大口嚼，一边仰头看着树上的苹果，仿佛已经不认识它们了。

当我和豆子尝过这棵树上的苹果时，几天的时间，只有树尖上的几个苹果还挂在上面，我们的手能够到的苹果，全消失了。

就是那几天，大胃又跟玲玲她哥打了一架。玲玲他哥用弹弓打豆子家后园子树尖上仅存的几个苹果，苹果没打下来，却打碎了豆子家后窗的玻璃。

六

一只「工蜂」

秋天给果树嫁接，夏天替豆角花、辣椒花、黄瓜花授粉的事情，大胃干了不少，干得有些痴迷，有些疯狂。

大胃不但在自己家后园子里授粉，还到我家后园子给黄瓜花和茄子花授粉。我跟大胃说："你就是一只授粉的大工蜂！"

一开始，我爸还不肯让大胃进我家后园子，嫌他胡闹。

我跟爸爸保证："大胃行的，什么都行！"

爸爸不放心，但是，又不好给大胃

的热心泼冷水，就指着园子里开着花的茄子、辣椒、黄瓜说："这些你别动！你给面瓜授粉吧！我家的面瓜每年都长不好，个头不大、太水，不好吃！"

我看出爸爸对自己种的面瓜没信心，放弃了，任由大胃瞎折腾。

大胃走进我家菜园子，脸上一副志得意满的表情。他蹲在地上，看了一下园子里的面瓜秧，问我爸："面瓜太水，不面？"

我听见我爸说："不面，太水！"

大胃起身回家了。一个多小时后，等他反身回到我家菜园子时，他手里拿着一个纸包，里面是他取回来的花粉，是他从家里的面瓜秧的花蕊里采集下来的。然后，他用一根火柴棍，一头缠绕上一点棉花，蘸着花粉，在我家的面瓜秧的花蕊上戳戳点点。我看着他，不像在为面瓜秧授粉，倒像是在绣花。

我看见我爸乐了。我爸跟我妈说："你看大胃的样子，真的像那么回事！"

我妈说："这孩子挨过饿，对庄稼有特别的感情！"

我爸说:"没想到大胃做这种事,会这么认真!"

……

几天之后,我想起我妈说大胃的话,问我妈:"你说大胃挨过饿,怎么回事?"

我妈说:"大胃的老家地少人多,粮不够吃。大胃在老家经常挨饿,没多少日子,就把屋檐下晾的柿饼子吃光了,晚上还是饿,受不了,睡不着觉,就去阁楼上吃晒干的柿子皮。那东西吃多了,拉不出粑粑,豆子奶奶就用小棍抠,疼得大胃又哭又叫,听着就让人心疼!最后,豆子奶奶就把大胃送到豆子爸这来了。农场虽然没有大鱼大肉,总能吃饱的!"

我唯一一次看见大胃抬脚踢了豆子一脚,是因为豆子吃着两掺面馒头,掰了一块扔给了小狗四眼。

"那是人吃的……"大胃没说出后面的话,踢了豆子屁股一下。

豆子捂着自己的屁股,瞪着眼睛:"你踢我?"

大胃说:"踢你了!你再给四眼吃馒头,我还踢你!"

豆子被大胃的火气震住了,真怕大胃再踢他。但是,他第一次被大胃踢,感到委屈:"我告我爸去!"

大胃指着家的方向说："你告去！"

豆子转身就走。

大胃见豆子朝家走，快步追上豆子，拽住豆子。我以为大胃是恳求豆子别把事情告诉他爸爸，豆子也是这样认为的，因为在大胃拽住他时，豆子脸上浮现出一种牛哄哄的表情，像是警告大胃——你怕了吧？！

但是，出人意料的是，大胃抓住豆子，说道："反正你要告诉你爸，踢一脚是踢，踢八脚也是踢！"说着，又连踢了豆子好几脚。

豆子被踢傻了。虽然大胃没踢我，我好像也被踢了一样，愣住了。

我还发现，大胃最后给豆子屁股上的那一脚，特别狠，让豆子想哭出来的声音都憋回去了。

大胃踢完对豆子说："告你爸去吧！"

豆子这才哭出声来："我告诉我爸，也告诉我妈！"

我认真地看着大胃，他脸上一点惧怕的表情都没有，一副大义凛然的神态。

这一次，我追上豆子，把他拽住了："行了行了，别回家瞎说乱告状了！"

豆子把脸上的眼泪和鼻涕差点甩到我身上："我怎么乱说了？大胃就是打我了！你没看见他刚才对我那么凶……"

我躲着豆子手上乱抹的鼻涕，劝道："你本来把馒头给四眼吃就不对！大胃是有了理才踢你的！你告诉你爸，你爸也不会说你有理，弄不好，再踢你两脚！"

听见这句话，豆子要告状的坚定想法被我瓦解了："我爸还会踢我？"

我点着头："肯定踢你！"

豆子脸上的委屈消失了，变成了犹豫。

我说："如果你爸犯糊涂、护犊子，不问青红皂白，真的打了大胃，咱今后还想跟着大胃玩？你自己玩屎去吧！"

豆子站住不动了。

我回头看着大胃，大胃两手叉腰，还是一副等着被枪毙的样子。说起来奇怪，我会经常在大胃的脸上，看到英雄的样子，在别的男孩脸上很少能见到。

豆子说："你看他的样子，他一点都不怕我告状！"

我说："大胃有理，他才不怕呐！"

豆子说："我也没说非要告诉我爸啊！"

我回头对大胃说："豆子不去告状了！"

大胃听了，不再双手叉腰，把手从腰上松下来，朝我俩走过来，眼睛看着我说："你们今天想干点什么？"

豆子脸上还挂着泪，没说话。

大胃还是看着我的脸，不看豆子："你们想干什么，我就带着你们干什么！"大胃也主动跟豆子缓和关系了。

我看着豆子说："干点什么？"

大胃这一回表明了态度："听豆子的！"

豆子说："我不知道！"

大胃说："想吃西瓜吗？"

西瓜？这消息也太突然了吧？西瓜在哪儿？

我和豆子都瞪大了眼睛，不相信大胃说的。

"你们不信？"

我和豆子都摇头。

大胃说："跟着我，要走点路！"我们跟着大胃走出了农场，翻过一片起伏的玉米地。在一处隐藏着水洼地的深处，我们看见了一小片西瓜地。那是大胃在春天偷偷种的，又数次跑到这里浇水，给西瓜花授粉。西瓜都不大，像碗口那么大。大胃摘下一个，用拳头砸开，皮薄、瓤甜。

我们三个人坐在不大的西瓜地里，脸和肚子都是笑的。这一小块地，很隐秘，一般人是找不到这里的。

吃撑了，我们就有点困了。在西瓜地里打盹的时候，我迷迷糊糊看见一只勤劳的工蜂落在我的鼻尖上，它张嘴说话了："认识我吗？我叫大胃！"

我笑起来，没像赶蚊子那样赶走它，而是跟它搭上话了："我认识你，你是工蜂！"

大胃把我拍醒了："醒醒，天都黑了，该回家了！做个梦还傻笑！"

豆子还是提出了自己的担心："这块西瓜地，不会被人发现吧？"

大胃说："放心，谁也不会找到这里的！"

大约在第三天，豆子和我都不约而同地想到皮薄瓤甜的西瓜。我俩找到大胃，没想到被大胃拒绝了："不行，你们这是吃上瘾了！我的那些西瓜，不能想吃就吃的！"

豆子不开心地问："西瓜不吃有什么用？"

我说:"是啊!你种西瓜就是吃的!还能给它们按上四条腿满地跑啊?"

大胃说:"我要留种的!留了种子,明年会种得更多!想吃,等明年!这些西瓜种子,是我好不容易才搞到的!"

吃不到西瓜,真是让我和豆子很丧气。吃个西瓜还要等到明年?豆子和我又不约而同地想到一个办法:大胃不领我们去,我们自己去西瓜地!

有了这个主意,我和豆子偷着乐。

没想到,我和豆子在那片玉米、青草、水洼地里迷路了。我们清楚记得,是先经过一片起伏的玉米地,就到了一片低洼地,只要下雨,那里就会积水,它像一面小镜子在阳光下反光。豆子和我站在那里徘徊不定。怎么那么多小镜子在反光啊?我们俩根本就找不到那一小块西瓜地。

在那片地里徘徊了一个多钟头,还是找不到那块西瓜地。豆子先放弃了寻找。随后我也放弃了。

我和豆子垂头丧气地回家了,在半路上,才明白大胃选择那块地,种上西瓜,是费了心思的,他是不准备让人轻易找到的。

我说："大胃就是一只工蜂，一天到晚嗡嗡嗡的，不知道他飞到哪里，要干什么！"

豆子问我："你说，大胃还做过什么事，不让咱俩知道，也不让我爸我妈知道？！"

"很多事吧！一个人做事，不用让其他人知道！"

豆子不甘心地说："咱俩明天还来找西瓜！"

我说："算了！大胃说，那些西瓜是要给明年留种子的！"

豆子听了，开心不起来。

我也不开心。沉闷了很久，豆子才说了一句话："马刚，农场的地，怎么这么大啊？"

我说："只有工蜂才能找到花！"

豆子看了我一眼："这是谁说的？"

我告诉豆子："我说的！"

那个秋天，又连下了几天的秋雨。不知道为什么，大胃有预感，那块神秘西瓜地四周的低洼处涨水了，西瓜地也会被淹掉。

第二次，大胃领我和豆子去西瓜地了。

还没接近西瓜地，水就漫到我们的大腿根了。我和豆子都不敢走了,朝后退,站在高处,望着不远处的西瓜地,它已经深陷在反光的镜子中了,晃我们的眼。隐约有西瓜和西瓜秧子漂浮在水面上。

大胃脱了衣服,赤裸着身子,一点点挨近西瓜地。豆子在他身后喊:"大胃,你过不去的,会被淹死的!"

大胃不回头,两只手臂像船桨一样向两边滑动,脸向着天回答豆子:"我要把西瓜种子弄回来!"

他又在水里走了几步,就把身体向前一扑,游过去了。

大胃一次次往返水中,把西瓜抢救回来。一次只能在水中推着一个西瓜朝前游,游几下,把西瓜朝前推一下。那西瓜在水上晃着,不愿意朝前走,好像是担心张着两张大嘴的我和豆子。事实上就是如此,我和豆子把西瓜瓤吃了,留下西瓜子。当大胃看见一堆黑色的西瓜子,他笑起来。他把水淋淋的黑亮的身体平摊在地上,像一条胜利的黑泥鳅一样,接受秋日的检阅。

我想,大胃这只勤劳的"工蜂",他是用抢回的西瓜子预约了明年,并留住了还没到来的下一个秋天。

大胃把那些西瓜子晾在房顶的瓦片上。他没事就站在房下望，看有没有麻雀和鸡偷吃西瓜子。有只猫在房顶上晒秋阳，也被大胃扔土块撵走了。

我跟大胃说："有猫在房顶上晒太阳，鸡和麻雀就不敢落在上面了，你撵猫干什么？"大胃看着我，嘴巴里"哦"了一声："马刚，你不是光知道吃西瓜，还有用啊！"

被大胃表扬，我心里很舒服。

七

玲玲是我们班第一个学朝鲜语的人。她是偷偷在学。一九七一年,农场的孩子还没人学朝鲜语。我熟悉的同学,大多数连学校的课本都不想学。

我们班有个朝鲜族人,姓崔,叫崔哲。他们家天天吃辣白菜。一到秋天,崔哲家的院子里不让人进,洗干净的白菜、红的辣椒,还有绿绿的青菜,摆了一院子。崔哲在家时说朝鲜语,我们一句都听不懂,也不想懂。

玲玲是跟崔哲的爸爸学朝鲜语的。她有一个本子,上面写满了朝鲜文。玲

玲不让别人看，好像学朝鲜语是她的秘密。

崔哲的爸爸是做豆腐的，有农场的那天，他爸爸就做豆腐。也可以说，崔哲和我们都没出生的时候，他爸爸就做豆腐了。做豆腐做这么多年，是因为崔哲他爸豆腐做得好。有一个星期，崔哲他爸做了阑尾手术，别人代替他做了豆腐，大家都说不行，不好吃。

有一次我去豆腐坊买豆腐，正看见玲玲跟在崔哲爸爸身后学朝鲜语，崔哲爸爸腰上围着白围裙，教玲玲朝鲜语时，并没有停止干活。我站在豆腐坊的门口看时，就觉得玲玲像崔哲爸爸身后的一条尾巴。

我问玲玲："你学朝鲜语做什么？"

玲玲说："不用你管！"

我说："我没管你，我只想问你，学朝鲜语干什么？"

玲玲说："你没管我，你老是问我干什么？"

……

玲玲越是不告诉我为什么要学朝鲜语，我就越是想知道。问了玲玲几遍，她一点风都不透，根本就不想搭理我。

趁着买豆腐的机会，我问崔哲的爸爸："叔叔，玲玲怎

么想起来学朝鲜语了？她是想跟您学做豆腐吗？如果学做豆腐，也不用学朝鲜语啊……"

崔哲的爸爸一直在白气腾腾的大锅前忙碌着，也没工夫搭理我。他的个子很高，在我们农场里，算是最高的了，大约有一米八五的样子，再加上戴顶白帽子，帽尖朝上，就觉得更高。我凑近他，偷偷比了一下身高，我的眼睛在他上衣的第四个黑扣子那里。

崔哲的爸爸不理我，我认为他是把我当小孩子，没有说话的必要。就像我自己走在路上，又怎么会注意从身边走过去的某只鸭子？

我站到了崔哲爸爸平时休息的椅子上，椅子上放着他的大铁缸子，大铁缸子里面是泡得黑乎乎的茶。

这回，崔哲爸爸注意到我了："下来！那是我坐的椅子，你怎么站到上面去了？"

我没下来。因为我觉得他的口气是在呵斥一只调皮的猫或狗。而我有重要的话想问他。我站在他的椅子上，他才肯看我，才肯对我说话。

"听见没？下来！"

我的脚动了一下，椅子上的铁缸子的盖子跳了一下，"哐啷"一声。

"臭小子，我的茶缸子！"

我从椅子上跳下来："叔叔，我就是想问您，玲玲为什么要跟您学朝鲜语？"

崔哲的爸爸把白帽子从头上一把拽下来，想抽我，我闪开了："我问您呐，玲玲为什么要跟您学朝鲜语？"

"这还用问，多简单的事情！"

"哪里简单了？玲玲学朝鲜语，怎么简单了？我怎么问她，她都不说，像有什么事不想告诉我！"

"你真的不知道？"

我摇头："真不知道！"

"玲玲想去朝鲜！"

学朝鲜语去朝鲜，很合理。"我知道她想去朝鲜！不去朝鲜，她学朝鲜语干什么？我想问，她跟您说没说过她要去朝鲜干什么？"

"她没跟我说！"

我急了："她没说？她天天缠着您学朝鲜语，就没跟您说她要去朝鲜做什么？"

崔哲的爸爸把摘下的白帽子又戴在头上，像是要结束跟我的谈话，我又急了："她要去朝鲜干什么啊？"

这时，崔哲的爸爸才像是认真考虑这个问题了："她想吃苹果吧！"

"想吃苹果？"

"看电影看的！"

"看朝鲜电影《摘苹果的时候》，苹果多得都掉地上了，玲玲就想去朝鲜？"这是我们所有孩子的推理。

崔哲的爸爸对这个悬而未决的问题，给出了答案："这是最大的理由！一个女孩子，谁会把爱吃的毛病告诉别人？"

我呆呆地站在豆腐坊里，看见崔哲的爸爸又回到白白的蒸汽中，像要隐身一样。我冲着若隐若现的大高个子说："叔叔，我也要学朝鲜语！"

白腾腾的蒸汽里飘出一句不冷不热的问话："就为了去朝鲜吃苹果？"

我说："为什么玲玲能去朝鲜吃苹果，我不能去？"

"你们这些孩子都怎么想的？看部电影，就要去电影里的村子吃什么苹果。天上下雹子，你们怎么不张着大嘴吃雹子啊？"

我固执地说："我就要学朝鲜语！"

崔哲爸爸说："你跟玲玲学就行！"

"我才不跟玲玲学，我就要跟您学！"

崔哲爸爸高大的身影又从白蒸汽中浮现出来："不买豆腐就出去！"

我拎着空铁盆子跑了，我本来就没打算买豆腐。

见到豆子，我把这件大事告诉了他。豆子听了，像是没听懂，让我再说一遍。我说："咱们班的玲玲要去朝鲜吃苹果了！"

"等等！再说一遍！"

我感觉到豆子不是没听懂，是不相信。

我把同样的话重复说到第三遍："玲玲要去朝鲜吃苹果了！"

豆子问："你怎么知道她要去朝鲜吃苹果？"

"她在跟崔豆腐学朝鲜语！"我把在豆腐坊里做豆腐的崔哲爸爸，省略成崔豆腐了。但是，豆子马上明白崔豆腐是谁了。

"学了朝鲜语就可以去《摘苹果的时候》里面的村子吃苹果了？"豆子的思维跟所有人一样，都要去朝鲜的那个产苹果的村子。谁让那个村子里的苹果吃不完，都掉到地上快烂了呢！

"是吧……"我不太确定玲玲是不是要去苹果多到都落到地上的那个朝鲜村庄。

"咱也学朝鲜语啊！"豆子说道。

"崔豆腐不教！他只教玲玲！"

"啊？"豆子的表情很吃惊，好像已经看见前面有堆成山一样的苹果，可偏偏有人拦着，走不到跟前去，吃不到苹果。

我和豆子都有一个完全错误的想法，认为跟崔豆腐学了朝鲜语，就能去朝鲜吃苹果了。这个幼稚的错误，是被大胃纠正过来的。

豆子和我都已经准备了一个专门写朝鲜文的本子，好像有了这个本子，就有了通往朝鲜的火车票。

……

"你们俩学朝鲜语就是为了去朝鲜吃苹果？"大胃不屑

地问道。

我和豆子点点头。

"我嫁接的小苹果不好吃？非要去朝鲜？"

豆子说："你的苹果个头太小，也不够吃！"

我附和道："太小！不够吃！"

大胃说："嫌我嫁接的苹果小，明年就别吃我的苹果！"

豆子说："不吃就不吃，我和马刚去朝鲜吃大苹果！"

我继续附和着豆子，气大胃："去朝鲜吃大苹果！"

这时，大胃没生气，反而笑起来："我们大人都觉得你们俩是大白天做梦，幼稚可笑，还真把去朝鲜当成事了！"

我不服大胃说话时装大人的口气："我们大人我们大人的，你多大？比我们大几岁啊？我们学朝鲜语，去吃朝鲜的苹果，怎么就幼稚了？！"

大胃摇着头说："你们去不成的！你们能吃到我嫁接的苹果，已经很幸运了！"

我跟豆子交换着眼色，脸上不服气，心里却被浇了冷水。

"有一天，全农场的人都会吃上我的苹果，没吃到的，也会知道我的苹果。那个叫贞玉的朝鲜姑娘也会找到我的果园，吵着闹着要吃我的苹果！"

大胃兴奋地说这些话时，我打断了他："你说谁？贞玉？贞玉是谁？"

豆子也问大胃："贞玉是谁？"

大胃非常轻蔑地看着我们俩："你们看电影光知道看掉在地上的苹果可以做成好吃的苹果酱，根本就不知道那个要做苹果酱的姑娘叫贞玉吧？"

"她叫贞玉？"豆子瞪着眼睛。

我是第一次听到大胃说电影里的人物叫贞玉，很新鲜，也响亮。

豆子突然说："我不学朝鲜语了！"

大胃笑起来，很坏的那种笑。

我问："怎么又不学了？不去朝鲜了？"

豆子说："人家贞玉都要到咱农场吃苹果了，我去朝鲜干什么？还要学朝鲜语，还要花钱买火车票，再说了，苹果有没有大胃的苹果好吃，还不一定呐！"

大胃听了，干脆笑出声来。

……

我再次见到玲玲时，故意问她："还学朝鲜语呐？"

玲玲还是一副不愿意理睬我的样子。

我说："贞玉都要来咱们农场了，要吃大胃的苹果，你死乞白赖地学朝鲜语去朝鲜，有劲吗？"

玲玲认真地看着我，惊奇地问："你说什么？贞玉要来咱们农场？！"

我一看玲玲的表情，就知道她一下子就知道贞玉是谁了。

大胃的大话，我的鹦鹉学舌，竟然也让玲玲放弃了学朝鲜语。我用一根杆子，头上绑着镰刀头，把豆子家后园子里，那棵嫁接过的苹果树树尖上的最后几个苹果够下来，带到学校，给了玲玲一个，告诉她："这就是'大胃苹果'，贞玉来咱农场，就是要吃它！"玲玲拿在手里，只是闻，不舍得吃。

有一天，玲玲弯腰系鞋带，那个保存了几天的"大胃苹果"从口袋里掉出来，滚到地上。我

看见那个苹果都皱巴萎缩了，玲玲还留着。

　　玲玲真的不学朝鲜语了，她也没打算去朝鲜那个美丽的村子。

　　我和豆子这才想起大胃说过的话，他说我们幼稚加愚蠢。愚蠢是我加上的，是幼稚，也愚蠢。

八

豆子和我跟玲玲的关系突然缓和了许多，玲玲在学校会主动跟我们俩说话了。玲玲她哥看见我们俩，也不再是横眉冷对了。

豆子还奇怪，问我："玲玲她哥和大胃背着咱们约架了？"

我问豆子："他们约架了？你为什么这样问？大胃约架还不告诉咱俩？也没看见大胃和玲玲她哥的脸上挂彩啊！"

豆子说："你没见到玲玲和她哥对咱俩的态度有点变了？"

"我也感觉到了，就是不太明白为

什么……"

豆子神秘兮兮地说："肯定约架了！大胃把玲玲她哥打服了呗！"

"玲玲她哥被大胃打服了？"

"肯定打服了！"

"这么肯定？"

"肯定的！"

我将信将疑。

看见大胃，我好奇地问："豆子说你把玲玲她哥打服了！"

大胃说："没打架！为什么要打架啊？"

"你和玲玲她哥没打架？"

"没打！"

这就不好解释了。大胃和玲玲她哥没打架，没决出高下，玲玲和她哥哥怎么就对我们的态度转变了？原来的大胃和玲玲她哥，像来自两个窝里的小公狼，除了瞪眼，就是亮出獠牙。玲玲她哥看见我和豆子，就是看见了另一窝的小狼，要跟他抢肉吃。

园子里果树该嫁接时，天天有人站在豆子家门口喊大胃。

有小孩也有大人，都是叫大胃去帮忙给果树嫁接的。有时，我看见大胃正吃着饭，就有人喊他。大胃嘴巴里塞得鼓鼓的，朝门外喊道："等一会儿，我还没吃完饭呐！"

这时，叫大胃的人就会接话说："别吃了，去我家吃吧！"

大胃又喊："你家有什么好吃的？"

那人就喊："我刚刚钓回的鱼，黑鱼，肉多！"

大胃就抬头看豆子爸。豆子爸就微笑着说："看看，看看，都有人请你吃饭了！有手艺就有人请了！"

大胃对豆子爸说："哥，我去了？！"豆子爸点点头。

大胃又看着豆子妈说："嫂！我去了？！"

豆子妈就笑了："快去吧！还有黑鱼吃，嫂子挺对不住你的！"

大胃看了一眼吃到一半的饭，好像是不舍得走。豆子妈就说："快去吧，到人家吃不饱的话，回来吃，我给你留着饭菜！"

我在豆子家，看着大胃走出屋去。豆子爸冲着我们说："人不管多大，有了本事，就有饭吃！"

豆子说："爸，不是有饭吃，是有黑鱼吃！"

豆子爸说："现在有黑鱼吃，本事再大点，就天天能吃罐头！"

豆子问："本事再大呢？"

豆子爸的想象力有限："本事再大？那就可以洗根人参当萝卜啃！"

我在一边插嘴道："拿人参当萝卜吃？那鼻子一定会蹿血的啊！"

豆子爸问我："吃人参鼻子会流血，你听谁说的？"

我说："听我爸说的。"

豆子爸又问："你爸吃过人参？"

我说："我爸没吃过，他也是听人家说的！"

豆子爸没结束问话："你说，吃人参为什么会流鼻血？"

我想了想："人参劲儿大吧？"

豆子爸若有所思地说："有点道理！"

……

大胃帮着钓到黑鱼的人嫁接完果树，果然吃了黑鱼。他在人家吃完饭要回家时，还跟人家要求把吃剩下的黑鱼头带回来。

大胃把黑鱼头带给了四眼。

四眼从没吃过如此美味，一边吃，一边哼哼着，像在宣传此刻的满足和幸福。看着四眼快乐，豆子也心满意足。

这个秋天，忙碌的大胃竟然给玲玲家嫁接了八棵果树。玲玲家原来的八棵沙果树，在来年的春天花开的时候，就是一个蔚然可观的果园了。它们在下一个秋天，会结出诱人的大胃小苹果。那是一片什么样的迷死人的风景啊！大胃没跟我和豆子说，我和豆子竟然傻乎乎地以为他和玲玲她哥偷偷约了架，把玲玲她哥打服了。

原来，会给果树嫁接也会让人服，让人服气。我像是又看见了一幅画面：两只小公狼在山坡相遇，收起了獠牙，相互问候。

我和豆子因为年龄导致的浅薄，还都只认识"服气"两字的人生初级阶段，还不懂另外更重要的两个字——尊重。

干活打架凭力气，尊重却获得美名。

大胃的名声如日中天。

农场副业队收获了面瓜，堆成了一座高大的面瓜山。面瓜的品种不同，颜色也不一样，在秋阳的照耀下，面瓜山让人眼晕。

农场人都去买过冬的面瓜。我站在面瓜山前，看见人们买面瓜挑面瓜，这是世界上再繁忙不过的场景。

我爸告诉过我，挑面瓜时，用手指甲扎一下面瓜，就像给发烧的孩子打针那样。如果你的手指甲很轻易就扎进面瓜的皮，这面瓜肯定很水，不面不甜不香。如果手指甲不太容易扎进去，这面瓜百分之九十又面又甜还香。

我能看见的面瓜，已经都被人的手指甲检验过了，有的面瓜身上，还不止留下了一个手指甲印，有的是伤痕累累。

我发现大胃也来了，以为他是来买面瓜的，但是他站在离面瓜山两米远的地方，眼睛在面瓜上望来望去。他并没有动手挑面瓜。

我问大胃："你站着不动，不买面瓜吗？"

大胃说："你挑你的面瓜，别管我！你不抓紧时间挑，好的面瓜都被别人挑走了！"

我们班同学刘二奎家兄妹六个，他上面有一个哥哥，他是老二，下面还有四个弟弟妹妹。刘二奎的父亲领着六个孩子都来了，他们家要买很多面瓜。一个原因是他家里人爱吃面瓜，另一个原因是面瓜像地瓜和土豆一样，可以当饭吃。

我放眼望去，刘二奎他们兄妹六人要包围山头一样在面瓜山上爬着，还嗷嗷乱叫，像是面瓜山上有面瓜敌人指挥部。二奎喊道："这个好，这个面！四奎，你接着！"四奎没接住，手一滑，掉了。那个面瓜就被别人捧在手里，轮到四奎大呼小叫起来："那是我家挑的！放下！那是我家的！"

刘二奎家已经挑选了一堆面瓜。他父亲对面瓜品种很熟悉，知道哪种面瓜好吃。大胃的注意力不在面瓜山上了，他一直盯着刘二奎家选的那堆面瓜。他走过去，用手在那些挑选出的面瓜上摸来摸去。

二奎从面瓜山上跳下来，问大胃："你在我们家面瓜上乱摸什么？"

大胃用双手抓起一个外皮黑黑的、留着黄色尾巴的面瓜："这是什么面瓜？你家里人为什么挑这种面瓜？我看了一下，这种面瓜很少啊！"

二奎说："我爸叫它黑金面瓜！"

"黑金？面瓜？"

我在旁边听得清楚，也凑过去看。

二奎说:"我们家年年都选黑金,它又面又甜,不容易烂,能储藏到明年春天。"

这时,二奎的父亲走过来,跟二奎说:"再去翻一翻、找一找,把黑金都挑出来!"

黑金面瓜几乎被二奎家一网打尽。

二奎家的行为,让所有买面瓜的人都在面瓜山上翻找黑金面瓜。但是,他们下手太晚了,几乎找不到黑金面瓜了。

我看见大胃走到二奎父亲面前,说道:"黑金面瓜都被你家挑出来了,能不能匀给我三五个?"

二奎父亲摇着头说:"不行,这还不够呐!黑金可以储存到明年,我六个孩子离不开它!别说三五个,一个都不行!"

大胃说:"不匀给我也行。那等你家吃完面瓜,把子留给我行吗?"

二奎父亲依旧摇着头:"不行不行,我家里吃过面瓜,都会把子留下,放在热炕头上晾干,然后加点盐炒着吃,吃一捧,营养赶得上一个鸡蛋!"

大胃央求道:"我要用它当种子!"

"不行！"

这时，我在一边看明白了，我冲着二奎的父亲说："叔叔，你把黑金面瓜的子给他，他可以帮你家嫁接果树！他是大胃，很会嫁接果树的！"

二奎父亲认真地看着大胃："你是大胃？"

大胃点点头："我是大胃！"

二奎父亲说："农场人都听说过你，我还不认识你。你多大？还是个孩子啊！我还以为你是一个五六十岁的转业军人呐！"

大胃说："我十五了！"

我跟二奎的父亲解释："大胃是胃口的胃，不是中尉、上尉的尉！"

二奎父亲的嘴里发出一连串的"哦哦"声，眼睛发光了："我家真的有几棵果树，有空去我家帮我嫁接一下？"

我看见大胃一听到"嫁接"二字，眼睛也放光了。大胃说："现在正是给果树嫁接的时候，我明天就去你家！"

后来，大胃帮没帮二奎家嫁接果树我不知道。但是，二奎经常端着一个盆，里面是湿漉漉的带着黄瓤的面瓜子送到豆子家："这是大胃要的黑金的子，是种子！"

大胃不在家，豆子妈把子收下，对豆子爸说："人家都把黑金种子送到家里来了！"

豆子爸就会说："大胃的本事越来越大了！我真的有点小看他了！"

后来我才知道，那是因为大胃的魅力。魅力也是一种巨大的力量，它不会发出声音，不会发出打雷一样的巨响，也看不见刀劈斧削，看不见血，没有恐惧，没有愤怒，没有嘴服心不服。但是，它会让温暖的河流，流进干涸的地方……

九

我们
想
．．．．．．

到了我和豆子有了"我们想"的时候，大胃早已经想好了。什么叫"我们想"？就是我们想要的、想做的，跟未来联系在一起的。如果叫理想，那有点空，像大话，像吹牛皮。

因为有了大胃这个人，我和豆子不敢吹牛皮了，起码，在大胃面前我和豆子不敢吹。

我们比同龄男孩子更早地终结了吹牛皮的毛病。

"我们想"其实并不完整，完整的话应该是：我们将来想干什么？

玲玲她哥想当兵，最好是当机枪手，握着机枪，嗒嗒嗒！

大象都会在玲玲她哥的机枪扫射中轰然倒下，谁也甭想阻断他的梦想。

豆子想开车，开解放牌卡车，在农场这片没有尽头的土地上，开着卡车，想去哪里就去哪里。

我问过大胃："你将来想干什么？"大胃说："去去去，我一天到晚闲不住，哪里有时间想将来？"

我不懂，还以为大胃没有将来。过了很多年，我才明白一件事情：其实，大胃已经活在将来了。

玲玲说，她将来想去农场的商店当一个售货员。可以每天穿得干干净净，每天带着笑意上班下班。

我不解地问她："为什么要当售货员？还有别的理由吗？"

玲玲说："咱们农场来了什么新鲜的东西，我都最先知道啊！"

她想当售货员的理由让我无话可说。

我羡慕地说："我最爱去商店了，食品柜里摆着那么多点心，虽然买不起，但是我会闻味啊！我喜欢副食店里的味道！馋了，就跑去闻闻味……"

玲玲听我这样厚着脸皮说没出息的话，直撇嘴巴。

说到我胃口的贪婪，我根本看不见玲玲脸上的轻蔑，继续我的表达："我还最爱看商店门口张贴的通知，各种新到商品，都在通知里！"

玲玲说："我要是当了售货员，你天天想看的新商品通知，就由我来写了！"

"是啊！到时候，有了好吃的，就贴出通知！我觉得，这个世界上有好多好吃的东西，我都没吃过……"我开始羡慕地看着玲玲，好像玲玲已经是农场商店的售货员了。

玲玲冷笑起来："你说你还没吃过？你听都没听说过！"

"你说，这世界上还有什么好东西，我们没有见过，也没有听说过的？"

"不知道！"

不知道农场之外发生的事情，这就是我们小时候的特征。我们谈的将来，是不切实际的将来，它只是笼罩在原野上的雾，是一只冲你叫了一声就飞走的、再不见面的麻雀，是你想坐着二踢脚去天上旅游的幻想。

　　豆子会经常看着从面前开过的卡车和拖拉机发呆。有时候，豆子会发疯般地追着一辆绿色解放牌卡车，卡车很快把他抛在身后了，他还望着卡车身后扬起的灰尘不肯离开。

　　我对豆子说："你将来是要开卡车的，不是追卡车啊！"

　　豆子回头瞪着我反问："我是追卡车吗？"

　　我问豆子："你追着卡车屁股，一直没命地跑，那不是追是什么？"

　　豆子说："我是想闻闻汽油味！"

　　"闻汽油味？"

　　"你不觉得汽油味跟橘子汽水味道一样吗？"

　　"没觉得！"

　　"那你跟我家四眼的鼻子一样！"

　　"我怎么跟你家的四眼鼻子一样了？"

　　"四眼对汽油味没感觉！它从来不追卡车！"

　　我说："你养活的四眼，四眼就跟你一样啊！"

　　豆子说："汽油味多好闻啊！"

　　我给豆子出主意："卡车跑太快了，你追不上，也闻不到汽油味。拖拉机开得慢，你可以追拖拉机！"

庄稼伟大

豆子说："你傻啊！拖拉机烧的是柴油，是冒黑烟的柴油，柴油多难闻啊！"

我笑着说："你知道的还挺多！"

豆子和我聊汽油和柴油的几天后，我去找豆子玩，看见豆子的脸有点变形了，牙床肿着，一半的脸有划伤。

望着他的惨象，我问豆子到底发生了什么事。豆子嘴疼，痛苦地扭曲着自己的脸，还是说不了话。在一边的大胃替豆子跟我解释："马刚，你知道豆子爱追卡车吗？"

我说我知道。

"豆子见卡车就追，总也追不上。今天他追上一辆拐弯慢下来的卡车，他抓住车厢板，想从后面的车厢板爬上车。但是，后面的车厢板挂钩松了，车厢板掉下来了，豆子也掉下来了。脸划破了不说，一颗门牙也被磕掉了……"

我回头同情地看着豆子，让豆子把嘴巴张开，我要看一下他的牙齿。豆子不肯张嘴，不想让我看他的牙。

我安慰他："没事的，掉了一颗牙再长一颗嘛！"

豆子一听，说不出话，脸憋得通红，用脚踹了我一下。

"踹我干什么？"我不理解豆子奖赏我一脚是什么意思。

大胃明白，对我说："他还长什么牙？都换过牙了！"

哦，豆子长不出新牙了。

我又说："没事的，换一颗金牙！"

豆子一听，又踹了我一脚。

我还是不解："怎么又踹我？"

大胃继续当翻译："马刚，你想想，一个天天追着卡车屁股想闻汽油味的人，会有钱换一颗金牙吗？"

我笑起来，一脸的傻笑。

等到豆子的脸没那么扭曲，能开口正常说话时，他一张嘴，我就先看到一个黑洞，委屈和悲伤就从那个黑洞里拥挤着跑出来，让我的心里也受到传染。

十

鲜的青菜

青菜吃得少，容易烂嘴。

我经常烂嘴，不知道一个男孩子一年四季，竟然需要那么多叶绿素。尤其是一个漫长的冬天，见不到绿叶菜，农场人只能吃储藏的大白菜和萝卜。很多人家都把白菜腌成酸菜，酸菜里可没有叶绿素了。

大胃在农场做一件别人没做过的事时，我决定写诗。原因很简单，班主任老师在讲台上声情并茂地朗诵：北国风光，千里冰封，万里雪飘。望长城内外，惟余莽莽，大河上下，顿失滔滔。山舞银蛇，原驰蜡象，欲与天公试比高……

我突然泪水盈眶，觉得这是写我的农场，写我熟悉的场景，写我的心境。我问老师："中国只有一个诗人吗？"

老师说："这怎么可能？"

"不止一个诗人？"

"有名的没名的，千千万万！"

"诗人有这么多？比卡车驾驶员还多？"

老师看着我，不明白我为什么单单拿驾驶员跟诗人比。在我的阅历中，我只能拿卡车驾驶员和诗人比。

我没好意思跟老师说我想写诗。老师跟我结束唯一一次涉及诗的谈话时，还告诉我："你要多吃青菜，看你的嘴烂的！再烂下去，你就没嘴了！"

我下意识地摸摸嘴，好像嘴真的快烂没了。

老师开玩笑说："别担心，你的嘴还在呐！"

自从有人提醒我，不吃青菜，嘴会烂没之后，我一直观察和留意周围人的嘴巴，一到秋天，烂嘴巴的男孩子比女孩子多。

豆子刚嘲笑我烂嘴烂得像猪屁股，第二天，他的嘴巴就鼓包了。缺叶绿素烂嘴巴是常有的事，它一周后差不多就自愈了。农场的孩子没把烂嘴当回事，大人对孩子烂嘴，也根本不放在心上，就像一个学走路的孩子，摇晃着摔倒了，爬起来接着走就行。

豆子的烂嘴比我想的要严重。他是从下嘴唇鼓的包，破了后，一直没结紫色的痂。一般情况，结了痂，就好了百分之八十，硬痂一脱落，那张充满活力的嘴巴，就可以从天上吃到地下，吃遍天下都不怕了。

但是，豆子的烂嘴没好，反而烂得越来越厉害。下嘴唇的包破了之后，它没有结痂，泛出血丝的溃烂面积在扩大，占了下嘴唇的四分之一。

他们全家都意识到豆子的嘴巴出问题了，因为豆子吃饭时很痛苦。如果一个正长身体的男孩子，连吃饭都失去了快乐，那该有多么痛苦啊！

我看见豆子吃饭时，眼里含着泪，把舌头伸出很长，不想让咸辣的食物碰到溃烂的伤口。但是，嘴唇又是食物进入口腔的第一道门户，想不碰到非常难。

豆子的眼泪还是掉下来了，他把筷子扔在桌上，站起身，跳着脚，张着嘴巴，口中发出"哼哧哼哧"的声音，像在求救。

豆子吃饭时的惨状，让他们全家人吃饭时都没了香味。豆子妈让大胃吃完饭领着他去医院开点药，不用药，豆子的嘴巴很难愈合了。

大胃领着豆子去医院，我跟着去了。在路上，没吃饭的豆子一脸的伤心。大胃经过商店时，让我们等一下，他跑进商店里，一会儿，他就跑出来，递给豆子一块糖。"我就一分钱，跟营业员说就买一块糖，人家不卖，说没法卖。我说，我家豆子嘴巴烂了，吃不了饭，一直在哭，就想买一块糖，让他别哭！人家就卖给我了！"

豆子把糖含在嘴巴里，眼里的泪水渐渐消失了。

在医院里，医生看了豆子的烂嘴，说没有什么好药，自愈是最好的办法了。北方人，缺的是叶绿素。一到秋天，进入冬季，烂嘴是普遍现象。

大胃问医生："你刚才说的是……叶绿素？"

医生说："叶绿素！"

大胃问："从哪里弄到叶绿素？"

"新鲜的青菜！"

"新鲜的青菜？"大胃对这个结果感到意外。

医生又看了看豆子的嘴巴，说道："像你的嘴烂得这么厉害，还是少见！先给你抹点紫药水吧！控制一下伤口，别让它再溃烂下去……这是我见过的最烂的嘴了！"医生拧开一个深色瓶子的盖，用棉棒蘸了紫药水，让豆子走近他，医生看了看，先是摇了一下头，让豆子把嘴巴张开。豆子就把舌头伸出来了，像是要保护自己的下唇伤口。医生又摇着头说："别伸你的舌头，给你抹药，不是让你吃的！把舌头缩回去！"说着，把棉棒上的药水按在豆子的伤口上。

我先是听到一声惨叫，然后就看见豆子像一只原本温顺的猫，看见一条危险的蛇爬到脚前，直直地跳了起来。

医生看见豆子的反应，没吃惊，举着紫药水棉棒忍不住笑起来。我也跟着笑起来。大胃没笑，一直盯着豆子嘴巴上溃烂的伤口。

……

我回家吃晚饭时，说起豆子烂嘴烂得很厉害的事情。

爸爸和妈妈见怪不怪，爸爸说："咱农场的孩子，哪个没烂过嘴？"

妈妈说："都烂！"

我说："我跟着大胃和豆子去医院，医生说，烂嘴是缺叶绿素！叶绿素在新鲜的青菜里才有，是吗？"

爸爸像是生气了似的，说道："冬天除了能储藏大白菜、土豆、萝卜，哪里会有新鲜的青菜？"

我问妈妈："我爸为什么生我气？"

妈妈说："你爸没生你的气，是生咱北方的气！"

"生北方什么气？"

妈妈说："北方一入秋，天就很快地冷了，冬天就来了。将近半年的寒冷，就没有新鲜青菜了。"

"南方有吗？南方有青菜，为什么不运到北方来？"

妈妈说："新鲜青菜运到北方，就不新鲜了，再说，冬天运来，早冻坏了！"

"这么麻烦？"

妈妈接着说："冻梨好吃吧？"

我说："过春节，冻梨最好吃了，又酸又甜！"

妈妈说："冻梨再好吃，也没有新鲜的梨好吃！只是把新鲜的梨运到北方，冻了，不舍得扔，用水化开，还能吃，所以就有了冻梨。那是没有办法的办法。"

我也生气了，生北方的气："这么说，我们就没有青菜吃，没有叶绿素，嘴都烂成豆子的嘴一样？"

爸爸说话了："在农场生活的人，多少年了，就是这样过来的！"

大胃看见豆子的烂嘴，不想这样过了。他在后园子用捡来的废砖垒起七八平方米大小的小房子，比鸡窝略高一点。小房子的顶层，用木条支起一个架子，上面是一块块拼起来的碎玻璃，让阳光直射进来。大胃还在直不起腰的小房子里砌了一个小炉子，让一截生锈的炉筒子煞有介事地从小房子里扬出头去。

我问大胃："冬天了，你要在小房子里住吗？"

大胃说："让青菜住！"

我不解："哪里来的青菜？"

大胃说："在小房子里长出来！"

这可能是北方最早的温棚。大胃在小房子里种了四棵黄瓜、四棵西红柿、四棵青椒、四棵茄子，还有一小排小白菜。冬天，我去豆子家时，见不到大胃的话，他肯定在后园子里

的小房子里摆弄那些秧苗。从小房子的烟囱里，冒出白白的烟，像小房子在呼吸。我和豆子去小房子里找大胃时，大胃的声音总是从小房子里冲出来："别进来，谁都不要进来！这里挤不下你们！你们进来，把凉气都放进来了！"

在豆子家的除夕年夜饭的餐桌上，有一盘五颜六色的蔬菜，把我镇住了。它们被洗得干干净净，夺人眼目：挺着胸脯的黄瓜，神气的紫茄子，绿得有些恐怖的青辣椒，几棵鲜嫩得让人看见想哭的小白菜。它们就摆在冬天的炕上，故意地炫耀，呼喊着春天，等雪融化……

从那年开始，一直到很多年，我都没看见豆子再烂过嘴。因为，大胃后园子的暖棚，一年比一年大。

等到我上初中的时候，农场已经有很多人模仿大胃，秋天一到，就在自家的院子里，盖起小暖棚，种青菜，把夏天请进冬季做客。

十一

离开

一九八一年，我离开了农场，豆子也离开了农场。很多比我大、比我小的人，陆陆续续都离开了农场。我们年轻，都有自己的想法，也都有了自己不一样的生活。我们努力生存，好像就是为了有一天能够离开农场。

我们像是从农场土地里长出的一棵沙果树，被移栽到另一个地方继续生长。

有一个念头，却经常缠绕着我：我和我们，真的离开了吗？

记忆中的庄稼，就像是《西游记》里神通广大的如来佛祖，你玩命地逃，

累吐血了，还在他的手上。现实中离开了它，它还会在梦中找到你。我还清楚地记得，当时要离开农场，去城里工作和生活了，我想起了大胃。那时，他已经去了离场部最远的一个生产队，是他自己要求去的。我心里想，大胃要是跟我去一个城市生活，他会做什么？他会偷偷在楼顶上弄出一块园子，种上大葱、辣椒和黑金面瓜吧。

豆子已经在另一个城市生活了。我和豆子有过联系，我们谈的大部分话题中，都有大胃，好像是大胃把我和豆子连接在一起的，大胃好像是无处不在。

　　"大胃怎么样了？"我问豆子。

　　"他还在种地！"豆子说。

　　大胃还在种地，跟庄稼在一起。他是我生命中惦念最久的人。为什么？我问自己，为什么忘不掉一个只会种地的人？

　　城市超市里的瓜果、梨桃都漂亮，像化了妆。有的时候，我去超市逛一逛，我都认不出面前的是黄瓜，还是茄子。我呆呆地望着它们，问它们："怎么长的？都不像你们自己了……"

父亲活着时，总是说："现在的西红柿为什么不好吃了，是打了太多的催红素吗？为什么要打催红素？"

我的妻子说："黄瓜也不好吃！看着漂亮，吃着没味道！"

孩子从来不生吃城里的黄瓜、西红柿，因为他从来不觉得这些长相漂亮的东西好吃。

我觉得，它们真的不好吃。

那时，我就会想起大胃。

十二

今天

二〇二一年秋天，我的头发差不多快掉光了。我想挽留每一根头发。家里人看出了我的焦虑，跟我说："如果那么爱头发，就戴假发吧！"

我却生气地说："头发就像庄稼，它是有生命的！假发？为什么要戴假发？大地里的庄稼是假的，粮食哪里来？吃假粮吗？"

我这一套听着混乱又似乎有些道理的话，让家里人都不敢惹我，说我可能患了老年痴呆，都尽量让着我。家里人领着我去过医院，想知道我是不是患上了阿尔茨海默病，有多严重。经检查，我离最早的征兆还有一段距离。

那天，我突然接到一个电话，对方说了半天也没说清楚他是谁，他只是在邀请我去他那里玩。在通话的过程中，他一直坚持说自己叫王怀阳，在提醒我他的名字。他说："我是农场的，咱从小在一起玩！"

我使劲想，还是想不起来。哪里冒出个王怀阳？

他说："豆子你知道吗？"

我说："知道！豆子可忘不了！"

他说："我比你和豆子大七岁！我是豆子的叔叔！"

我一愣，清醒过来，像是从漫长的岁月河流里游到了岸边，游过整整五十年，两脚才踩到了地上，抖落掉一身的水球，闻到了青草的味道："你……你是大胃？"大胃活在了我的童年和少年时代，我哪里还记得大胃的大名啊！

他笑起来："你终于想起来了？"

我说："光知道叫你大胃，哪里还知道你叫王怀阳啊！"

他跟我说，他在农场嫁接了几种水果，我从没见过、没吃过的水果。欢迎我去农场！我有点发呆："你多大岁数了？

还在搞嫁接？"

大胃说："有意思，搞嫁接太有意思了！搞了一辈子，习惯了！我不弄出点新玩意出来，甭提多难受了！"

我有很多话要问他，他突然抢过话头说："有个人想跟你说两句！"

"谁？"

"我爱人！"

一个女人的声音传来："你是马刚？我是玲玲！"

我有些吃惊："你嫁给了大胃？"

"对啊！"她的声音里有满足，有幸福。

要是静心想想大胃和玲玲的事情，我不应该感到意外的。

我和大胃又通了很长时间电话，要放下电话之前，问他："按辈分，我是叫你王叔，还是叫你怀阳老师？"

他说："就叫大胃！"

我最后补充道："你的名字好，怀阳！你肚子里装着一个大太阳！"

他笑起来："你挺会说的，我听了很爽！"

我问他："你从没离开过农场？"

"没有，也从来没想过离开！我喜欢这里！对了，马刚，有天我闲着没事，从网上读过你的一首诗，叫《庄稼》，怎么觉得在里面看见了我啊？"

我说："如果，我告诉你，写的就是你，你相信吗？你就是庄稼！"

"我信。我问你这件事，就是想确认一下！你要多写写庄稼！"

我说："想写，就是写不好！"

"这可是你能做的事啊！你从小就爱看书！"

通话过程中，我一直眼含泪水。我是恋恋不舍地跟电话中的大胃告别。

大胃，这名字就像一棵植物，它的根扎在我的童年土壤里。大胃热爱庄稼，比别人更加热爱土地上长出的粮食和蔬菜，因为他饿过。他嫁接了很多果树，让农场的孩子吃到了苹果，他让农场的苹果跟他一样年轻。大胃还让我放眼望去，看见农场的广袤原野，想起此起彼伏的望不到尽头的庄稼，在每一棵苍翠的玉米后面，都站着我的……大胃。

庄稼是有生命的、没有辈分的亲人，每个认识它、跟它亲密接触过的人，都会从心里依恋和赞美它。它如林的宽厚，是受伤男孩子的庇护所。它让人扛过饥饿，让生命活着。地球活着，它就会活得永远。它们忠诚、无怨，它们死过千次，又活过万年。

庄稼伟大。

秋天，我们家收到一箱玉米，煮出来，又黏又甜又香。一家人啃着玉米，不停地问我，这是哪里寄来的玉米，这么好吃！

我看着围绕在餐桌前的几代人，闻着弥漫着一屋子的玉米清香，头脑清醒地说了一句："你们记住了，它叫'大胃玉米'！"

孙子说："爷爷糊涂了，我没听说过还有'大胃玉米'！"

我把茶杯重重地蹾在桌上，生气地吼道："它就叫'大胃玉米'！"

一屋子的人都不出声，望着自己手上身份特殊的玉米，像是要重新认识它。

2021 年 10 月于哈尔滨家中

外二篇

独　　船

在北方，这种河流数不过来，地图上找不到。小黑河，就是这样一条河。

三　独

几年前，这里连下了几天罕见的暴雨，河槽里的水一下子盛满了。中午时，河岸上站着一个妇女，手端着一大盆脏衣服。她在岸边来回走了几趟，怎么也找不到埋在河边上的平平的大青石。那青石上常站着洗衣和钓鱼的人。

她终于按着熟悉的、被人们踩硬的土路走向水边，找到了那块青石。青石只露着一个边角，其余部分都被水淹没了。她脱下黑布鞋，赤着脚踩在青石上。她回身把儿子的衣服拿在手里，刚一蹲下，脚下的大地好像滑动了。她没来得及叫一声，就落入水里，被急流卷走了。原来青石被水冲得松动了。

岸上有人看见，急忙呼喊着，追赶着水里若隐若现的人踪向下游跑去。水，太凶猛了。没有人敢贸然脱衣下水。在下游，一个河湾处，这女人的尸体被打捞上来。苍白的手还抓着儿子那件不大的湿漉漉的衣服。

"我来晚了！我来晚了！"这女人的丈夫张木头赶到了，一手握着妻子遗落在岸上的一只鞋，一手捶打自己的胸口，重复地唠叨着，"我要是在，你就不会死……"

有人扶着张木头的肩："张大哥，别难受了。大伙不是不救，如果有船，大嫂也许能救上来。单靠人下水救，谁也别想活着从水里爬上来。"

"我不信，我不信。我来晚了，我要是在，你不会死的！"岸上，回荡着张木头哭哑了的声音。

不久，人们发现河面上出现了一条船，这是小黑河上的第一条船。挂在船帮上的桨，是用红漆仔细涂抹过的。有人看见，这条船的主人张木头和儿子张石牙经常坐在小船上，漂向下游，下好夜网。然后，父子俩背着纤，拖着船，逆水而上。第二天，再划船去取鱼。

村里实行生产责任制，开始分地时，张木头包了河边上的一块水田。他不顾村里人的劝说，决计把家迁到远离村子的河边。

张木头断绝和人们的一切交往，一心一意守着自己的独屋、独船，还有独生儿子张石牙。

"爸爸，这儿离镇上中学太远了。咱们搬回村里去吧！"有一天，张石牙跟父亲说。因为他要上中学了。

"远了好！"张木头眼睛看也不看儿子，干巴巴地回答他。

"我要走很多路！"儿子解释。

"两条腿生着，就是走路的！"张木头顶着儿子。

"我没有伴！"

"一天见不到一个人影更清静！"张木头没注意到儿子那束怨恨的眼光，"去！到河边守着船，别让人随便用！听没听见？快去！"

结　怨

人们疏远了张木头，尽管他是一个比以前更加勤劳能干的人。

有一天，张木头赤着泥脚，从水田里走出来，把手搭在额头上，往河上一望，发现船桩上系船用的缆绳耷拉在水上，船没有了。他心里一惊，飞快地顺着河岸向下游跑去。在河流转弯的地方，看到了那只船。船上有几个穿裤头的半大孩子，正四仰八叉躺在船板上，一边哼着歌，一边舒服地晒着太阳，任船向下游漂去。

张木头脸发青，怒吼了一声，吓得几个孩子翻身从船板上站了起来。他们一看岸上奔过来的汉子，以及那身结实的黑疙瘩肉，心里暗暗叫苦，有人认识张木头。

"王猛，王猛！快靠岸，快靠岸！"几个孩子慌张地向握桨的那个孩子叫起来。

"怎么啦？"那个叫王猛的孩子回头望了望，看见岸上的张木头已经脱去了衣服，正准备下水，便叫起来，"你们怕啥？他咬人咋的？别怕！"

"这船动不得，谁动他的东西，他就跟谁拼命。天！这回让他撞见了！"几个孩子把衣服缠在脖子上，下饺子一样跳下水，向岸边游去。一上岸，头不回，撒开脚丫跑了。

王猛，这个愣头青，正是啥都不服气的年龄。他仍旧坐在船头上，看着张木头挥着两条黑鱼一样颜色的胳膊，劈开顶头浪，向船游来。当他看清张木头那气势汹汹的脸时，他心虚了，想把船划开去。但张木头是从船的前头游来的，已经把船拦住了。

王猛糊里糊涂地被张木头从摇晃的船上掀下水，好半天才在水里辨认出岸边的方向。亏得这是水势平缓的地方，没有大浪头。王猛还是灌了几口浑水，费了九牛二虎之力，快要抽筋的脚尖才触到岸边的浅滩。他哆嗦着爬上岸，一屁股坐在地上，又吐又喘，擦了一把脸上的水，看见那条船停在不远的挂网处，张木头正得意地扯起一条大狗鱼，根本没把他王猛的生死放在心上。这老家伙太少见了，简直没人味！

王猛憋足劲，对船上的张木头喊："你个老不死的，等我长大了，非把你的船用斧头劈碎了当柴烧！老东西！"

张木头被骂得在船上直跳脚。突然，他喊了一句："石牙子！你给我抓住这浑小子。"

王猛回头一看，岸上正奔过来一个跟自己年龄相仿的少年。吓得他气没喘匀，匆忙站起身，迈动着疲劳的腿跑了，还回头恶狠狠地瞪了石牙子一眼。

石牙子站住了。王猛仇恨的一瞥，使他心里很难受。刚才父亲把王猛掀下水的情景，被他看到了。他同情父亲，又恨父亲做事太绝。

隔　阂

张石牙扛着行李，一走进陌生的学生宿舍，就感到一股冷意，把初上中学的新奇和兴奋的情绪冲淡了。有几个同学对他冷冷的，把上铺一个漏雨的角落让给了他。他听见下铺几个学生小声嘀咕："他爸就是张木头！""对！他没有妈！"

"河边上那间独屋是他家的！"

"还有那红桨独船也是他家的！"

"喂！"一个声音从门外传进来，拍了拍张石牙的床铺，"洗洗脸！"那人端着一盆水。

张石牙心里涌出一股感激之情，急忙从上铺跳下来。

当四目对视时，张石牙愣住了，这个端水的人就是被爸爸从船上掀下水的王猛！王猛长着一头刷子样直立的头发。

王猛也认出了他，扭头把一盆水"哗"地泼到门外。

以后，张石牙感到了王猛在同学中的权威性。他越来越感到自己孤独了。

出早操，没人叫他。

他的衣服从晾衣绳上落下来，没人拾。

踢足球时，场上明明缺少队员，王猛也不让他上场。

一天，张石牙一进宿舍门，迎面掉下雨点。低头一看，白裤上染上一小串蓝墨水。

"你怎么能这样呢？"张石牙看见王猛正在摆弄手里的钢笔。

"对不起，我的笔不出水，甩了两下，凑巧你进来。"

张石牙忍住了。

下午踢足球，人太少了，王猛才让石牙上场。石牙憋足劲玩命踢，想让同学们知道他踢得很好。可惜，一大脚，竟把球踢到操场边上的水泡里去了。

"就这点本事？真无能！""败兴！没劲！"有人双手叉腰，用眼斜睖着石牙，吐着唾沫，不满地嗦叨着。石牙红着脸，连衣服都没脱，跳到水泡里，把球捞出来。当他拧着湿衣服，在球场上来回奔跑时，他发现，同学们不再把球传给他了。他慢慢站住了，默默退出球场，呆呆地看着欢笑的同学们。

晚上，石牙刚走进宿舍门，屋里传出窃窃笑声。石牙听出那个粗嗓门是王猛的："谁也别说，谁说谁是小狗！"

石牙一出现在门口，几个同学都愣住了。他们踢完球，正在用一块毛巾轮流洗脚。那毛巾正是石牙洗脸用的，这是一块带着红白方格的毛巾。

石牙久蓄在心底的泪水终于涌出来，扭头冲出门去。这污辱和歧视使他忍受不了了。他知道这一切都是父亲和王猛结下的私怨带来的，可为什么把恨都发泄在他身上？就因为自己是父亲的儿子？

有人拉他的衣服。他一回头，是黑小三，班里最小的同学，王猛的影子。

"石牙！别哭。我也用它擦脚了，一共擦过两次……刚才，我用香皂把你的毛巾洗了。你要不愿意，我给你买一条！"

张石牙哭得更厉害了。

"你还怨我吗？"黑小三哀求地小声问。

"不！我怨我爸爸！"

惩　罚

王猛从来不知愁，这两天却愁了。石牙有好几次感到王

124

猛想主动跟他说话，但又不把肚里的话说出来，像掩藏着什么。

石牙问黑小三："王猛怎么啦，他好像有事？"

黑小三说："他妈病了，想吃鱼，到处买不到。他知道你家有船，你爸又会挂鱼。可他不好意思张嘴求你！"

"你告诉他，明天我们划船去取鱼。我爸每天都把挂网提前下好，不会空网。"

"石牙，你真是个……好人！"

第二天星期日，这群孩子悄悄爬上那条船，向下游划去。

王猛一声不响地坐在船上。他不敢看石牙的眼睛。当黑小三转告了石牙的主意时，王猛心里难受了好一阵。他想，一定找个机会向石牙道歉，郑重邀请石牙踢球。尽管他王猛从没向别人说过软话。

他们看见了露出水面的挂网，看见了挂网在抖动。石牙脱了上衣跳下水，一边踩水，一边从网底摘下一条尺把长的鲫鱼，扔到船板上。

"坏了！爸爸来收网了！"河里的石牙爬上船，把桨抓在手里。王猛和黑小三都慌了。

"别急。我把船靠在岸上，王猛提着鱼，赶快回家！"

张木头跑近时，孩子们已经上岸了。张木头看见王猛手里提着一条大鱼，急了，脱了鞋，提在手里，咒骂着撵王猛。撵了半天没追到，才气淋淋转回来，怒气冲冲盯着船上的儿子。

"败家子！"张木头喷出一句带火的话。

儿子不回答。

张木头几步蹿上船去，劈手夺过船桨，狠命向儿子砸去。

石牙一偏头，船桨砸在右肩上，被划开一道血口子。石牙捂住肩膀，眼里流着泪："爸！你不要太绝了！"

"你敢顶嘴？拉纤，把船给我拖回去！"张木头挥着手里的桨，脚把船踩得呜呜响。

石牙背起纤绳，微弓着背，一手捂住肩头，在岸上走着。

张木头坐在船头，看着儿子拉纤的背影，拉长了脸说："今天我罚你，我教训你，你就得听着！我掉的汗珠子比你吃的饭粒子都多，过的桥比你走的路都长。你听见没有？"

没有回答。

"你这小子，越上学越坏了。明天把行李从学校取回来，甭上学了。在家帮我干活！"

儿子站住了。

船也停住了。

"怎么不拉了？"张木头瞪着眼睛。

"爸！你说什么我都听，别让我辍学！"

"那好。你听我说，你妈死时，没有一个人下河去救。我去晚了，不是亲人，谁也不会舍命。你知道我的意思吗？"

"知道！"

"如今世上好人少了，活在世上别太傻，你知道吗？"

"知道！"

"你背上怎么了？"

石牙低头看了一下自己的肩膀，血口子张开嘴，涌出的血把衬衣染红了。

张木头从船上跳起来，跨到岸上："你怎么不告诉我？"他撕开衣服，给儿子包扎上。

儿子含泪的眼睛使他受不了："你有啥话就说！怨爸爸手狠？可都是为了咱家好，为了你！"

"爸！把船借我用一用吧！"

"干啥？"

"我的同学王猛……"

"闭嘴！这船是我的！不是你的！"

石牙擦了一把泪，咬着牙，背起纤绳向前走了。

张木头疑惑地盯着儿子的背影。

大　水

又是几天的暴雨，河槽注满了水。小黑河发怒了。这是石牙肩头受伤后在家养伤的第三天。

张木头也惧怕这场暴雨。面前的情景，使他想起几年前那场大水。他铁青着脸，回头命令儿子老老实实待在屋里，不许走出家门一步。他拎着一把铁锹，耳朵听着河水的吼叫，奔到水田里。他要把所有的土埂都挖开一个个缺口，把积水放掉。

河水太满了。隔夜的挂网被水冲得没了踪影；水棒草只剩个头，可怜地摇晃着；岸边上的独船不安地摆动着船尾，像一匹被主人抽打而要奋力挣脱缰绳的烈马；那块大青石终于被水卷走了，留下一个旋涡；一条黑鱼拖着一根钓竿从上游茫然地冲下来，近了，才能看清鱼已经死了……岸边上没有了淡淡的水草香味，只能闻到从上游泻下的浑浊的泥水带来的水腥气。

张木头根本没想到，此时，河边上那间独屋的门被人突然打开了。

黑小三哭过的脸出现在张石牙的面前："石牙！不好了，

王猛叫水冲走了，快划船去……"

"这么大的水还游泳？"

"不是，他织了个网，想给他妈挂鱼！"

两人奔到船边。石牙解缆绳时，发现缆绳被父亲紧紧拴到木桩上，像长在木桩上一样，系着死扣。石牙马上跑回屋，操起菜刀反身冲出来，把绳子砍断了。船马上顺着水势向下游漂去。黑小三飞跑到岸上，引着船向王猛被淹的地方奔去。

岸上有人看见了石牙，都大声喊起来："石牙来了，石牙划船来了！"

"我来了。"石牙在心里回答了一声。他第一次感受到同学们对他的尊重，把他当作一个有用的人。这是一种呼唤亲人的感觉，是石牙久已期待的。

突然，水面上浮现出一个头影。他立刻认出是王猛刷子一样的头发。王猛的头若隐若现，像在潜泳。他想把手里的桨伸给王猛，可王猛的手无力地在水面上举了举，又沉底了，形成了一个水涡。

石牙突然大喊一声。当时，谁也记不得石牙喊了一句什么，便传来了"扑通"一声。岸上的孩子们看见船上的石牙消失了，船板上只滚动着那根红漆木桨，还有石牙刚脱掉的白褂。

船失去了控制，顺着水势缓慢地转了一个头，倒退着向下游移动，仿佛也在回头留恋地朝小主人下水的地方投射最后一瞥。

石牙没有摸到王猛，正准备冒出水面缓口气，他的腿被王猛抓住了，两人一起沉到水里。这时，石牙感到水从鼻腔里像针一样扎进了自己的胸腔，他被无情的水呛了。

王猛借助刚才石牙身体的浮力，把头冒出水面，昏迷中抓住了从身边漂过的独船……

在河湾，当年打捞出石牙母亲的地方，孩子们把石牙捞了上来，静静地放在船板上，洗去石牙身上的泥，呆呆地围住了这只独船……

儿　子

"石牙子！……把尸体从船上掀下去！……我的船上不能摆死人！"

岸上跑来了张木头。他刚才听说又淹死了人。他用嘶哑的声音命令儿子。当他跑到船板上时，后退了一步，呆住了。

130

几个光身子的孩子跪成一圈，仿佛在等待躺着的人睡醒，这个一动不动的孩子赤裸的肩膀上，有一道刺目的泛红疤痕。啊，这是自己的儿子！张木头傻了。

王猛慢慢爬起来，爬到石牙面前，胆怯地伸手去抚摸石牙的脸。突然，他把手缩了回去，害怕地问："石牙！石牙！你怎么啦？你怎么啦？石牙……"

当发现船板上那件染上蓝墨水的白褂时，王猛一把抓在手里，把脸埋在上面，哽咽地哭出来："我还有话跟你说，石牙……"

水仿佛变得凝固了，像黏稠的液体在缓慢流动。岸上的孩子跟在逆水而上的独船后面，默默地走着。

张木头自己背着纤，拖着船。他不让别人拉纤。他一步一回头，看见儿子的身躯，仰卧在船板上，随着浮动的船起伏着，像在水里仰泳。他想起了几天前儿子捂住肩膀拉他时的情景，默默地在心里呼喊："我为什么要惩罚儿子？"他双膝突然一弯，背上的纤绳滑落下来。

他趴在岸上，手捂住脸，声音从指缝里挤出来："石牙子！你……"

他一面悲怆地哭着，一面重复着几句话："你太傻了！

我的儿子，你真是太傻了！就剩我一个人啦！就剩下我一个人啦！"

"爸爸！"张木头猛然听见一声喊，抬起泪眼一看，王猛跪在自己面前。

"爸爸！"

紧跟着，黑小三也跪下了。

张木头呆住了，好半天，才用手捶打着地上湿漉漉的泥："石牙子！这船是你的，我答应你了！这船是你的了，你听见没有？你怎么不站起来！"

孩子们都哭了。

没过几天，村里的人都拥到河边，把张木头的小屋迁回了村里。人们尊敬他。

王猛一直保存着石牙那件白褂子。他经常去看张木头，做一些石牙活着时应该做的活。

人们常常看见张木头蹲在河边，守着那条独船。一遇到人，他就迎上去："你们用船吧？你们上船玩吧？这是我家石牙子的船！"

人们都不愿轻易去使用这条船，这条小黑河上唯一的船……

玻璃蛋中的那粒米

冬夜很静，路上的行人和车辆稀落起来，只有路灯等待着雪。落雪的声音让经常趴在窗前的男孩子米格听得很清楚。他会经常在窗前保持着一种姿态并回忆一件美好的事情。

在他生日的这一天，他得到了一件礼物。礼物是装在一个粉色盒子里的，打开来，是一个玻璃蛋。在透明的玻璃蛋内，有一粒白色的米。这粒米安然地压在玻璃蛋中，变得高贵而又幸福。米格看它时，觉得那粒米一直在笑。它感到幸福时，当然是在笑了，它浑身都在快乐地笑。

米格早就在一家商场里看见了这件东西，他围着它转了好几圈，第二天，又跑到商场里去看它。他一直在想，这粒没受伤害的米粒是怎么装到玻璃蛋中的？没想到，有人在他生日的这一天，竟然送给了他。

米格跟爷爷和奶奶生活在一起。奶奶的头发有一半是白的，爷爷的头发全白了。爷爷的眼睛借助老花镜，还能读晚报。奶奶戴上爷爷的老花镜看报，只读两行字就喊着说头疼，晕死了。吃饭时，米格总是先吃完，而爷爷和奶奶可以用很长的时间细嚼慢咽。爷爷和奶奶的牙齿都不好，爷爷的牙齿掉了一半，而奶奶的牙齿都是假的。

每天晚上，米格去卫生间刷牙时，都能看见洗漱台上摆着一个杯子，里面放着奶奶的假牙。奶奶不戴假牙时，说话特别吃力，总是说不清。到了这个时候，奶奶总是说："我得戴上假牙说。"

米格没觉得家里的生活有什么变化时，其实，家中已经发生过七级地震了。

爸爸娶了一个比妈妈年轻的女人，去了另一个城市生活，每月给米格打一个长途电话，并寄来一笔钱。

妈妈嫁了一个比爸爸年龄大不少的男人，也去了另一个城市。妈妈除了给米格寄来一笔钱外，一个星期给米格打一个长途电话。

爸爸常在电话中重复几句话："米格，爸爸快回家看你了。你想吃什么，就跟奶奶要。要花钱，就跟爷爷要。"

米格只是"嗯嗯"地答应着，不想说什么，内心里却有些失望。

妈妈在电话中也是几句话："哪里不舒服，就让爷爷领着去医院看医生，别耽误了。学习要上去，别偷懒。另外你的字写得太难看了，平时没事多练练字，妈妈希望下次见到你的字时，能看到你的进步……"米格不想听了，就问妈妈："你还有别的事吗？没有的话，我挂了。"

爷爷看见米格的礼物，笑得满脸都是四射的笑纹："有人给我孙子送礼物了。"

米格没说话，把玻璃蛋装在盒子里，拿到了自己的屋子里。细心的奶奶对爷爷说："孙子好像是不高兴了。"

爷爷说："有人给他送礼物有什么不高兴的？"

奶奶顽固地说："米格就是不高兴了。"

爷爷抬了一下手，像是要打一下说错话的奶奶似的："别胡说。"

米格有点傻乎乎地站在自己的屋子里。这间屋子，跟原来的屋子一模一样。爸爸离开米格之前曾说过，一定不要改变米格原来屋子的样子，这样不会伤害到儿子，要让米格感到生活没有变化，跟原先一样，爸爸还爱他。

爸爸和妈妈只用了一分钟，就决定把原来的房子卖掉了。妈妈把米格现在住的屋子，布置得很用心，床罩和窗帘的颜色都跟原来的一样。

把米格的东西搬到爷爷家时，一盏台灯被摔坏了，妈妈又跑了两家商场，买了同样的台灯回来，摆在米格的桌子上——妈妈也担心伤害了米格的心。也就是说，米格的爸爸和妈妈在离开儿子之前，想把米格的一段生活安排到最好。

在米格生日的前一天，妈妈给米格寄来了一大包衣服，还有一双冬天穿的皮靴。爸爸在米格的生日过去五天后，特意寄来了一笔钱。米格记得，爷爷把爸爸寄来的汇款单带回家时，特意让米格看爸爸写在汇款单上的附言，大意是祝米格十二岁生日幸福的话。爷爷特意重复道："这可是你爸爸给你过生日的钱，不是生活费。"

米格觉得那钱和祝福的话跟自己没有太大的关系。

奇怪的是，当城市下了很厚的雪，米格该穿妈妈寄来的那双皮靴时，米格的脚在几个月中已经偷偷长大，穿不进去了。爷爷蹲在地上，企图帮助米格的脚进入那双漂亮的皮靴中，但是，米格已经不去努力了。当爷爷气喘吁吁地站起身直直腰时，米格把挂在脚上的皮靴甩了出去。

奶奶看着落在地上的皮靴，喃喃自语："一晃，米格都跟我们生活半年了。"

米格上学是乘坐送子车的，一个月要花掉不少的钱。爷爷开始不同意米格坐送子车，他跟米格的爸爸商量，说自己退休在家，没什么事，完全可以送孙子上学。米格的爸爸就同意了。但是，米格的妈妈不同意，说米格的爷爷年岁大了，总有照顾不周的时候，还是让儿子坐送子车吧。最后，还是让米格坐了送子车。凡是解决米格生活和上学出现的问题，三方都是通过无数次的电话决定下来的。

米格看见爷爷总是站着打电话，情绪也总是显得很激动。电话旁边摆着沙发，爷爷从来不坐，就是坐着接了电话，说了没几句，就站了起来，那只没拿电话的手，就握成一个拳头，在空中挥舞着，像是演讲正讲到高潮处。爷爷放下电话后，才坐到沙发上，喘粗气。奶奶站到爷爷的身后，用手轻拍着爷爷的背："有事就慢慢商量，急什么啊？"

每到这个时候，米格发现爷爷从不说话，只是盯着米格的脸，一盯，就是好长时间。

玻璃蛋中的那粒白色的米有没有呼吸？米格把玻璃蛋换了一个角度，让它倒过来，米格就发现玻璃蛋中的那粒米的表情变化了，绝对变了。那粒睡在玻璃蛋中的幸福的米，脸上有了忧伤的痕迹。米格马上把它又倒了回去，想让它恢复原来的笑容。但是，米格发现，把它倒了回来，玻璃蛋中的那粒米的脸上依旧带着忧伤的痕迹。原来过去自己没有发现米也会忧伤。米格立即用手捂住了玻璃蛋，像是掩住了那粒米的脸。

米格从送子车上一跳下来，他的鞋窠里就灌进了雪。爷爷是等在路边上的，看见米格跳进了路边的雪堆里。爷爷朝米格迎上去，让米格不要动。爷爷想把米格的鞋脱下来，把鞋窠里的雪倒掉。但是，米格看见爷爷的脚闪了一下，然后看见爷爷滑倒在地上。米格抓住爷爷的手问："爷爷怎么也摔跤啊？"

爷爷冲他勉强笑了一下，对他说："去喊奶奶，我有点麻烦……"

米格不太清楚爷爷会有什么麻烦，就问道："爷爷站起来啊！"

这时，米格看见了爷爷的苦笑。"我的腿，可能摔坏了。去叫奶奶……"

奶奶来了，一脸的惊慌。米格跟在奶奶身后，看见爷爷已经坐在雪地上了，身上都是雪。在邻居的帮助下，爷爷被送进了医院。经过检查，爷爷的腿因为骨质疏松，摔裂了，需要静养一些日子。

奶奶晚上给米格的爸爸打电话，告诉他，米格的爷爷不小心摔了一跤。正说到这儿，米格在旁边听见了，就冲着奶奶喊道："让我爸回来一趟。"

奶奶没这么说，只是说米格的爷爷正躺在床上静养，需要人伺候。米格的爸爸在电话中跟米格的奶奶说："请保姆，这钱我出。"

爷爷躺在床上听见了，对米格的奶奶说："请什么保姆，我会照料自己。"

米格对爷爷说："我能搀爷爷去卫生间。"

"对，我有孙子米格，根本不用请保姆。"爷爷说。

奶奶放下电话，对米格的爷爷说："你儿子没想回来，只说要出钱请保姆。"

米格说："我知道我爸爸不能回来。"爷爷说："我也知道我儿子只会说寄钱来。"

米格的爸爸又寄钱来了。米格觉得爸爸从没耽误给家里寄钱，无论什么事，都是用钱开路，用钱说话的。

星期日的中午，奶奶去菜市场买菜了，家中只有米格和躺在床上的爷爷。米格待在自己屋子里写作业时，爷爷有点寂寞，就想让米格出来，跟他说几句话，哪怕在屋子里走动一下也好。

"来，米格，帮爷爷翻一下身。"爷爷常让奶奶帮助他翻身。米格闻声走出自己的屋子，想帮助爷爷翻下身。爷爷见米格来了，就说不用翻身子，只在他的后背再垫一个枕头就行了。米格就吃力地在爷爷的后背处塞了一个枕头。爷爷说："你就在爷爷的屋子里写作业吧，让我看着你写。"

米格说行，就把作业本和书拿到爷爷的屋子里。米格写了一会儿作业，爷爷就在米格的身后说话了，问米格饿不饿，想吃点什么。米格不抬头，一边写字，一边回答爷爷的问话。最后，爷爷说："搀我去卫生间吧。"

米格就一点一点扶起爷爷，然后给爷爷的脚上套上拖鞋，再一点一点架着爷爷朝卫生间走。爷爷一边走，一边夸孙子米格："你长大了，都会搀着爷爷去卫生间了。"

米格觉得爷爷的表扬有点过分和夸大："爷爷，我搀你去卫生间就得到表扬了？"

爷爷说："这当然是不简单的事了。"

米格说："这不正常吗？"

爷爷说："现在很多正常的事，该做的事情，人们都忘记做了。"

米格搀着爷爷进了卫生间，一切都算顺利。当爷爷想站起身时，就难了。米格的力量不够，爷爷浑身软软的，根本不可能站起来。米格就把自己的身体当作一根柱子，支住爷爷的身体。爷爷哪里软下来，米格就移动一下身体，支在那儿。米格眼睁睁看见爷爷脸上的汗流下来。

"爷爷，你哪里疼？"

爷爷安慰米格："我不疼。我能坚持，肯定能等你奶奶回来的。"

奶奶回来了，放下手里的菜，把爷爷搀到了床上。

奶奶松了一口气，埋怨爷爷："等我回来再上卫生间不行啊？如果倒在卫生间里怎么办？"

爷爷笑了一下："我有孙子米格，怎么会倒在地上？是吧，米格？"

米格说："我不会让爷爷倒下去的。"

奶奶有点后怕地说："不出事还行，出了事怎么办？你们说怎么办？"

爷爷看着米格，用眼睛说：哪里就会出事啊？

米格用眼睛跟爷爷说：有我在，能出什么事啊？

那天晚上，已经能自己下地走动的爷爷给米格的爸爸打电话，说米格已经问过好几次了，想知道爸爸什么时候回来看看米格。米格在自己屋子里听见爷爷在跟爸爸说这件事，就放下写作业的笔，很注意地听爷爷打电话。米格听见爷爷生气地说："反正我把道理说给你了，听不听由你自己决定。我觉得米格这孩子缺的东西太多了……你说什么？你问我米格缺什么？你当爸爸的不知道儿子缺什么吗？这还用我教你吗？……不让我生气？你这种做法让我能不生气？……"

米格走到爷爷跟前，把电话按下去了。他一句话不说，扭头又走回自己的屋子里，关上了门。爷爷用断掉的电话敲了敲自己的头，在电话旁边站了半天。如果电话是米格的爸爸，爷爷会砸烂它吧？

那天，米格很高兴。妈妈打电话说，三天后，她要来看看米格，她正好要到这个城市出差。米格特意写了十页钢楷字，留给妈妈检查。在米格的记忆中，妈妈特别在意米格的字是否有进步。

米格等到第四天时，妈妈没来。妈妈用手机打了一个电话，说她来不及了，要急着赶回去。是奶奶接的电话，奶奶不说话，只是说了一句："你跟米格说吧。"

米格冲过去要接电话时，奶奶对米格说："断了。"

米格火了："你不是已经告诉她，让她跟我说吗？"

奶奶的嘴里明明戴着假牙，可说起话来还是显得艰难："你妈让我……转告你，她说，她说……过了年……一定来看你……"

米格听见躺在床上的爷爷使劲朝地上吐了一口唾沫，骂了一句什么话。然后，米格又听见爷爷喊道："米格，过来，爷爷的牙又掉了一颗，帮爷爷找到。"

米格在地上找到了爷爷刚掉的牙，递到爷爷手里时问爷爷："爷爷吐唾沫会把牙吐掉啊？"

爷爷说："气掉的。"

就在那天夜里，米格摔了那个玻璃蛋。摔碎的声音很响，把爷爷和奶奶都惊着了。爷爷踉跄着冲进米格的屋子时，看见那个玻璃蛋已经碎了，蛋中的那粒米早已没了踪影。

"你怎么把别人送你的生日礼物摔了？你多喜欢别人送你的这件礼物啊！"爷爷蹲在地上，看着碎玻璃碴，一脸的惋惜。

米格说："那是我自己给自己买的生日礼物。"

爷爷和奶奶都以为自己的耳朵背，听错了。奶奶也蹲在地上用手摸索着："玻璃蛋里的那粒米呢？"

"你们别找了，让它透透气吧，它都快憋死了！"米格没说完，嗓子就被什么东西酸酸地哽住了。